2020 太平盃

學生徵文大賽

優秀作品集

商務印書館

本書由中國太平人壽保險（香港）有限公司贊助出版

太平盃學生徵文大賽優秀作品集

主　　編：商務印書館編輯部

編　　審：蒲　葦　周蜜蜜　謝煒珞　黃嘉莉

責任編輯：鄒淑樺

封面設計：趙穎珊

出　　版：商務印書館（香港）有限公司

　　　　　香港筲箕灣耀興道 3 號東匯廣場 8 樓

　　　　　http://www.commercialpress.com.hk

發　　行：香港聯合書刊物流有限公司

　　　　　香港新界荃灣德士古道 220-248 號荃灣工業中心 16 樓

印　　刷：美雅印刷製本有限公司

　　　　　九龍觀塘榮業街 6 號海濱工業大廈 4 樓 A

版　　次：2021 年 5 月第 1 版第 1 次印刷

　　　　　© 2021 商務印書館（香港）有限公司

　　　　　ISBN 978 962 07 0585 4

　　　　　Printed in Hong Kong

前言

在 2020 新冠肺炎疫情陰霾籠罩的一年，全港中小學校突由面授課程轉為線上網課，為鼓勵同學們「停課不停學」，本館與太平人壽（香港）、雲通科技合辦第一屆太平盃學生徵文大賽。比賽以「人生的財富」為主題，目的讓同學關注人生在不同階段中的區別與聯繫，隨時隨地提起手中文筆，記錄當下生活隨想、表達想法，時刻保持對學習的動力和興趣。

《太平盃學生徵文大賽優秀作品集》收錄了本次大賽所設三組別各自主題的優秀學生作文各 30 篇：高小組以健康與環保為主題，作文字數 150 至 350 字；初中組以儲蓄與財富為主題，作文字數為 500 至 1000 字；高中組以職業與挑戰為主題，作文字數為 650 至 1200 字。文章均可自擬題目，文體不限（詩歌除外）。本文集更邀請大賽評委謝煒珞校長、蒲葦老師、黃嘉莉老師、周蜜蜜女士分別為收錄文章附上點評，引導同學欣賞並學習優秀作文中的優點與亮點。

雖然受疫情影響，學校課堂學習迎來挑戰，但希望本文集能作為師生溝通的橋樑，鼓勵同學多閱讀、多寫作、多交流，時常積累寫作素材，提高語言水平，增強中文寫作能力。

商務印書館編輯部

序一

　　春暖花開、草長鶯飛的三月時節，我們欣然迎來太平人壽（香港）與商務印書館合作舉辦的「太平盃學生徵文大賽」作品的出版。本次「太平盃」徵文大賽以「人生的財富」為主題，圍繞「人生的財富」、「職業與挑戰」、「儲蓄與財富」、「健康與環保」等題目，各位參賽的小學生、中學生、高中生從自身的視角，將他們對於相關主題的認識和思考、對生活的觀察和實踐，通過一篇篇作文表現出來。清新的文筆不乏深刻的感悟，或許還帶着些許稚嫩，但仿佛讓我們看到，一棵棵禾苗、一棵棵小樹正在這萬千世界茁壯成長。

　　寫作是我們讀書時期的必修課程，也是與自己、與世界的對話，透過寫作，仔細洞察內心感受，梳理過往、沉澱心靈，進而明晰未來的道路。人的一生路途漫漫，青少年就像早上七八點鐘初升的太陽，承載了國家與社會的希望。在漫長的人生道路上，健康、知識、家庭、事業、快樂、朋友、優秀的個人品質……都是人生寶貴的財富。物質或精神的財富，均需要勤勞的雙手在一生中不斷地去創造、儲蓄、積累和傳承。

　　此次徵文開展期間尚處於香港疫情動盪之時，徵文得到商務印書館及地區大使的大力支持，希望通過此次活動，同心突破疫

  太平盃學生徵文大賽優秀作品集

情的陰霾，為參賽的各位港澳學生打開一扇心靈與世界聯通的視窗——用眼睛觀察世界，用心靈體會所見，從小培養對財富的認識與意識。即使面對外部環境變幻與挑戰，亦能積極從容地調節身心，規劃未來旅程，在為世界增添價值的同時創造人生財富。

　　財富的積累、保值、增值均離不開金融思維和金融產品的運用。保險作為重要的財富管理工具，覆蓋了人的一生中「生老病死」的時間緯度，通過管理和分散風險，將「不確定」的風險變為「確定」的保障，幫助我們實現財富的保全與傳承。太平人壽（香港）作為中國太平保險集團旗下在香港的專業壽險公司，以保險保障大眾的初心，紮根港澳、服務港澳。我們殷切期盼，今天這些禾苗、小樹在不久的將來成為國之棟樑，為建設更加美好繁榮的世界貢獻力量。

董事兼行政總裁　王鑫先生

中國太平人壽保險（香港）有限公司

序二

　　坊間每年都有形形色色的徵文比賽，相信大家都曾參加過不少，然而比賽是否只着眼於最後的賽果？答案是否定的！其實所有遞交的作品中都體現了語言文字上的美感，也存在着當前社會的文化價值、信息，甚至於創作個人而言，在創作的當刻也給予了自己人生中一個深刻的印記。我們舉辦比賽不僅是提供一個平台讓同學展現才能，發揮潛能，鍛煉技能，還給師生溝通交流的學習機會。

　　2020 年正值新冠肺炎席捲全球，但疫情下的停課不停學，人生不同階段理應有不同的思考。今次徵文大賽主題為人生的財富，如高小組的健康與環保、初中組的儲蓄與財富，高中組的職業與挑戰，我們希望在疫情下也能讓學生用文字把他們的想法表達出來。我們更在以往線下舉辦比賽的基礎上，設計建立了線上提交平台，讓學生在家仍能透過網上提交作品。憑着團隊的努力，結合線上線下形式，讓更多同學能夠參加是次比賽。

雲通科技有限公司
太平盃徵文大賽執行小組

目　錄

(* 文章排序不分先後)

高小組　健康與環保

初中組　儲蓄與財富

高中組　職業與挑戰

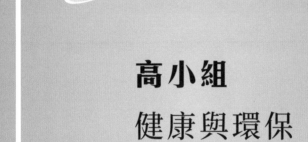

高小組

健康與環保

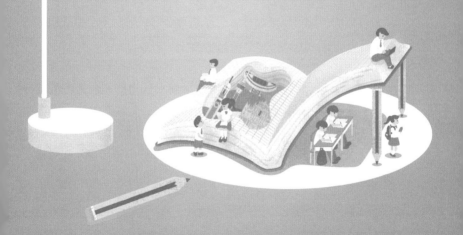

健康與環保

高嘉雨

中華基督教青年會小學

人類從誕生起，一切衣食住行無不依賴我們的星球。我們已經習心慣對她進行撒揀奪，直到有一天，才發現她滿目瘡痍，酸雨、沙塵暴接踵而至，疾病瘟疫時刻吞噬着我們的生命，我們終於醒悟，只有保護地球環境，才能健康生活。

首先，我提倡低碳生活，綠色飲食，我們儘可能的購買綠色環保的食品，多吃蔬菜水果等素食。

其次，我提倡搭建環保的辦公和學習環境，將新鮮的空氣帶到室內，轉化自然風，合理採集陽光，種植大量的綠植，試想一下，這樣的環境可以增加多少生產能力，可以減少多少過敏和氣喘，可以讓多少人愉悅地工作和學習。

最後，我提倡維持環境的生態平衡，動物是人類最好的朋友，不要捕殺它們，保護它們，尊重愛護每一個生命。

「勿以善小而不為」，從我做起，從身邊的小事做起，保護環境，健康生活！

💬 評審點評 ————

文章言之有物，用詞比較到位；最後的「不以善小而不為」呼應首段的「醒悟」，挺有意思。

健康與環保—人生的財富

張秋悦

香港青年協會李兆基小學

　　甚麼是人生的財富？有人說是金銀珠寶，因為可以用來買自己想要的東西。對此，我並不認同。金銀財寶能買到健康嗎？能買回地球最初健康的狀態嗎？我認為真正的財富是健康與環保。

　　環保和健康看起來是兩碼事，但其實它們息息相關。

　　還記得我看過的一部紀錄片，內容是一位動物學家在海邊找到了一具海鷗的屍體，刨開一看，發現海鷗的胃裏面全是塑料垃圾，這一切的罪魁禍首都是誰？正是我們人類。我們為了貪圖便利，隨手扔垃圾，並沒有想過後果會多嚴重。試想想，魚類把垃圾吞進肚子裏，然後被漁民捕捉，隨後擺上了人們的餐桌，人們把魚肉和垃圾一起吃下肚子裏，豈不是對人類健康的嚴重威脅？

　　簡單來說，只要多走幾步，把手裏的垃圾扔進回收箱裏，少用一次性用具，從源頭減廢。畢竟，保持地球的環境，就是保護人類自身。

💬 **評審點評** —————————————————

文筆簡潔，信息清晰，舉例恰當。

地球的自述

余慧

新華學校

　　大家好，我是地球。我曾經是一個美麗的地球，有清澈透亮的湖水，潔白無瑕的雲朵，蒼翠無邊的大地，可是，人類卻不斷破壞我：砍伐樹木、浪費水資源、排污放濁、廢氣滿天，令我滿目瘡痍，不斷生病。

　　妳們砍伐樹木，令樹木越來越少，浪費水資源，淡水越來越少，氣候逐年不斷暖化，氣溫上升，冰山融化，世界上很多島國很快便會被海水淹沒。然而妳們卻不知悔改，仍然永無休止的浪費資源，或只顧眼前利益，最後遭受惡果的就是妳們。

　　可能妳們已經意識到良好環境的重要性，近來有很多國家的環保意識在不斷提高，人們也堅持自己的環保原則，堅持垃圾分類，購物時使用購物袋，綠色出行等等，希望重視環境保護像雨後春筍，開遍全世界！

　　人類啊，不要再破壞我了！妳們愛護我，我才會給妳們一個美麗健康的地球！

 評審點評 ─────────────

由地球自述展示出地球破壞前後的差異，能帶動讀者反思。

一百年後的地球

趙嘉裕

新華學校

地球，是人類的母親；是人類生命的搖籃。

經過漫長的歲月，它已經變得衰老，那都是我們人類的錯，害得它變成滿目瘡痍。

一百年後的地球會是甚麼樣的呢？是一個環境優美的還是被人類破壞了的呢？我幻想，一百年後的地球是灰色的，沒有色彩，人類不計後果地砍伐樹木，僅僅為了自己的利益，而破壞森林，森林被人類砍伐的已不是森林，而是寥寥無幾的小樹苗。

一百年後的地球，是一個荒涼的地方，那裏可能已經沒有了植物、沒有了動物、沒有了白天、沒有了晚上，是多麼一個令人恐懼的地方，那時候，人類已經將近滅亡。

一百年後的地球，已經不在是曾經那個美麗的地球，它已經是一個垃圾場，一陣風吹過，幾片黃褐色的樹葉在天上飛了一會，又落了下來。如果地球被人類毀滅，那麼，人類將別無去處，甚至滅亡。

我明白了：人類屬於地球，但是地球卻不只屬於人類，也屬於其他生物，所以我們要保護地球，不要讓它受到破壞。屬於人類，也屬於其他生物，所以我們要保護地球，不要讓它受到破壞。

評審點評 ————————————————————

作者通過想象 100 年後地球的「灰」，引導讀者反省自身，有意思。

環保隨想

林寶恩

聖公會主愛小學

　　地球是我們的家，卻天天都在承受我們的糟蹋。沙漠面積不斷擴大、全球暖化、冰川融化，人類正是製造這些問題的罪魁禍首。如何讓地球的環境不再惡化下去呢？以下就讓我向大家介紹拯救地球的良方——環保。

　　環保，就是大家耳熟能詳的「綠色生活」。隨着生活質素的提高，不少城市人成了物質主義者，綠色環保的意識也在人們的思想裏慢慢消失。為了方便，人們肆意地濫用資源，地球的污染日漸嚴重，七十億人的健康正受着威脅。當我們駕駛汽車時，可曾想過排出的濃煙污染着萬物依賴的空氣？人類將森林夷為平地，又可曾想過樹木在我們的生命中的重要性？到頭來，方便帶來的惡果最終也是人類承受。

　　「綠」是生命之色，是蓬勃之氣。大家都生在地球，住在地球，不論是為自己還是別人，作為地球的一份子，我們要一起增強環保意識，努力實踐，愛護我們的家園！

💬 **評審點評**

　　文章首段提及向大家介紹拯救地球的「良方」，惜在正文中未有就相關「良方」加以發揮，出現偏離。結語一段能總結全文，手法亦見獨到。

健康與環保

關愷臻

大角嘴天主教小學（海帆道）

健康與環保息息相關，大家也知道地球正面臨着各式各樣的破壞：空氣污染、水污染、固體廢棄污染⋯⋯這些污染正影響人類的健康和生活。若想繼續在地球生活，人類必須正視問題，不能置身事外。

首先，空氣污染對健康造成的威脅已經得到廣泛的認同。空氣污染主要由車輛所排出的廢氣而引起，工廠的排放也是其中一個重要污染來源。多個本地研究顯示，因呼吸系統入院及過早死亡的人數與嚴重空氣污染之間有重要的關連。世衞轄下的國際癌症研究機構把柴油引擎產生的廢氣從「可能致癌」重新列為「人類致癌物」。若不想坐以待斃，大家要為環保出一分力。在日常生活減低能源消耗，例如在不需要時把冷氣機、燈及電腦等電器關掉。外出時適當地選擇步行及以公共交通工具代步，都有助減少空氣染染物排放。

其次是海洋污染，造成海洋污染的原因有家庭污水、工業廢水、廢物排放海中、肥料及農藥排放海洋等。水污染影響生態系統，魚類受到污水感染，人吃了這些魚類，毒素便會在人體內積累，長期下去人得病則是必然的。根據聯合國發表報告：目前全球約有十一億人缺乏安全飲用水，每年約有五百多萬人死於與水有關的疾病。我們一般小市民能做到的，便是節約用水，愛護

地球。

另外，據本港環境保護署統計數字，二零一六年香港平均每日有超過一萬公噸的都市固體廢物被送到堆填區，當中有兩成多是塑膠垃圾，重量大約相等於九十架雙層巴士。而塑膠物料極難自然分解，而分解周期亦需要四、五百年。對環境造成很大的影響。塑膠樽於高溫或長時間存放後，會釋出有害物質，干擾人體荷爾蒙分秘，並通過食物鏈層層積聚，威脅整個生態系統及人類。所以，我們應減少使用即棄膠樽，膠袋及發泡膠盒，才能減少「膠害」！

為了大家的健康着想，當務之急是大家盡力減少對環境的傷害，以免再害己害人。

 評審點評

文章內容豐富，結構綱領分明，各段段旨清晰，能就各種「污染」作分段的解說。文章處理鋪陳有序，用詞亦見精準，並能引用數據以增強說服力。

健康與環保

薛靜雯

元朗官立小學

天地萬物，都有生命。健康與生命人類一定是放在第一位的。那你可知，環保與我們的健康是息息相關的。

現在許多人都在吸煙，而中國煙民更達到了三億！在密集的人群中吸煙，不但污染空氣，不環保，更影響旁人和自己的健康。煙草中含有一氧化碳、尼古丁、煤焦油等有害成分，吸多了會讓人得心臟病、氣管炎，甚至癌症。森林是地球之肺，但我們的肺呢？難道就不用愛護？

海洋垃圾，人人都聽過，但你知道造成海洋充滿垃圾的罪魁禍首是誰嗎？是人類啊！塑料袋、煙頭、玻璃瓶等都是常見的海洋垃圾。這些垃圾嚴重污染海洋。海洋已被污染，海裏的魚也好不了多少。人類吃了受海水污染的海鮮，對身體也有影響，例如會腹瀉。到頭來，人類還不是自作自受？

為了不讓事態愈來愈嚴重，我們也要出一分力，例如將可回收垃圾放入回收箱，不要亂拋垃圾等。相信人類一定會愈來愈有環保意識的。

💬 評審點評

文章內容充實，行文亦見流暢。能善用資料增強說服力，用詞亦具水平。文章末段要能發揮總結全文之效，現行末段中的建議宜放到正文中。

健康與環保

鄭嘉欣

聖公會基福小學

在現今的社會，人們都渴望想有很多東西，但你若問我到底甚麼東西才能獲得人生的財富？金錢？地位？工作？我會毫不猶豫地回答：「擁有健康的身體、環保的生活，就是擁有真正的人生財富！」

首先，我認為身體健康便是人生財富的其中之一，因為我擁有健康的身體才能做到有意義的事情或者我感興趣的事情，例如：旅行、做義工等等。這些都是身體健康的人才能做到的事呀！相反地，若我只追求金錢上的滿足，而荒廢了健康，只能長期地在醫院居住，我不但不能夠做我興趣的事情，而且這些金錢也只會變成廢紙而已。因此我認為有健康的身體能做到一切。

此外，香港人口裏經常提倡環保生活，但是他們在生活上卻與環保生活沾不上邊。因為他們大多數都認為實質的行動是很困難的，可是個「實質」行動只要我們在日常生活中實行便可，例如：我們可以多用公共交通工具，避免使用的士、私家車等不環保的交通工具或者我們可以減少使用塑膠製品。而且有研究報告指出飲管會對身體造成五大壞處包括：腹脹、提高蛀牙風險、滲入化學物質、增加皺紋和過量吸收糖或酒精。

總括而上，我認為只有身體健康，提倡環保生活，才能獲得

人生的財富。其實，擁有健康的身體和環保生活是會令到我們的日常生活變得更加有意義、變得更加充實，變得更加快樂．所以你還在等待甚麼？趕快去追求健康的身體和實踐環保的生活吧！

 評審點評 ───────────────

　　行文尚算流暢，惜文章部分內容略嫌偏離主線（如使用飲管的五大壞處），影響了全文的脈絡結構。下筆前，如能先擬定寫作大綱，必更理想。

健康與環保

梁雅惠

聖公會基福小學

在現代生活中，健康與環保十分重要，古希臘哲學家蘇格拉底曾經說過：「生命健康是一，財富是零。如果一倒了，就算再多的財富還是零。」

如果我們想要有健康的身體，就要進行「綠色飲食」。甚麼食物可稱為「綠色飲食」呢？「綠色飲食」就是食用無污染、安全、優質、有營養的食物。例如：雞蛋、豬肉、有機蔬菜等。大部分綠色蔬果都使用純天然，沒有添加防腐劑等化學成分，將對環境的污染減到最低，十分環保。

還有「綠色家居」也可以給我們帶來健康的生活。例如我們可以在室內擺放一些綠色植物，提供更多氧氣，減少室內的二氧化碳，對健康有益，同時也減少了碳排放，對環保出一份力。

我認為「只有身體健康，提倡環保生活，才能獲得人生的財富。」

💬 **評審點評**

文章首段能運用引用說明，是很好的嘗試。就「環保」問題，文中以兩大方向作討論：「綠色飲食」、「綠色家居」，解說不錯，建議亦具體可行。

健康與環保

吳芷涵

佛教林炳炎紀念學校

健康與環保是當今社會人們生活的兩大主題。然而,我們生活的環境卻嚴重影響了人們的身心健康。

現在我們的環境問題,愈來愈嚴重,而人類對環境肆意妄為的破壞,並沒有一絲愧疚。天上飄着的塑料袋,路邊隨意丟棄的塑料瓶,河水中排放的污水,這將會對地球自然環境,對自己的健康造成多大的傷害?河中所有的生物都在人類的摧殘下一步一步走向死亡、滅絕。

大街小巷裏、河裏等地方,都有環境污染物。工廠向河流排出污水,使河水中的生物都失去了生命。而且還損害了附近居民的身體健康。再仔細考慮一下,這樣的環境,會使地球的壽命縮短,污染環境,讓大自然受到破壞,空氣和水源受到污染,這使人類失去了美麗的家園,這叫我們該去哪裏生活呢?

請大家保護環境,熱愛自然,愛護家園。讓蔚藍的天空回歸到我們的視野,讓鮮花盛開,讓金黃的土地重現在我們的腳下,讓海洋生物自由自在地玩耍,讓小鳥自由飛翔,在天上歡樂歌唱,讓我們的家園更加美好!

💬 評審點評 ────────────

小作者的思考很廣闊,用詞到位,也能恰當使用問句、感歎句增強文章感情色彩。

環保・生命・健康

郭晴

寶血小學

「天下興亡，匹夫有責。」每當我看到因環保而影響生命、影響健康的訊息，我都非常難過，因為健康是我們最大的財富，沒有健康就沒有了一切，希望大家都能為健康而注意環保。

以前沒有塑料袋的時候，很不方便，可是那個時候沒有那麼多垃圾。現在有了塑料袋，雖然很方便，可是垃圾也愈來愈多了，給人類的健康帶來極大的危害。

以前人們外出時，多是走路或騎自行車，雖然沒那麼方便，可以也沒有那麼多污染。現在我們外出時，大多數會乘坐交通工具，雖然方便了，但是汽車的廢氣對人類的健康造成危害。

以前人們吃的菜長得很慢，還會被蟲子吃，但是吃起來很清甜。可現在菜市場的菜整齊漂亮，幾乎看不到蟲洞，這是因為農民噴了大量的殺蟲劑。這樣的菜有時會因為清洗不乾淨而對身體造成極大的影響。

社會進步了，但環境卻大不如從前。天下蒼生的興盛、滅亡，關乎所有人的利益，因此，每一個老百姓都有義不容辭的責任。讓我們一起為天下蒼生健康而注重環保吧。

💬 評審點評 ─────────────

能比較自然地把環境和健康聯繫上。

齊來保護地球

何熙庭

澳門濠江中學附屬英才學校

當一片片綠波蕩漾的森林被無垠的黃沙漫漫取代，當無憂的天空被黑烟滾滾替代，我分明聽見了森林的嗚咽，白雲的悲傷，藍天的的哀嘆。你可知現在地球污染日益嚴重，假如地球上的水不再清澈，空氣不再清新，土壤不再乾淨，我們也將難逃其害。

保護地球的方法有很多：最簡單的方法就是少用塑膠袋，每個被隨手棄置的塑料袋需要千年的時間才能被分解，為了讓市民減少濫用塑膠袋，澳門政府於從去年開始徵收膠袋稅，呼籲市民外出購物時自備環保袋；其次是減少使用抹手紙及一次性筷子，這些物料都是犧牲大片森林所得來，如果我們可以節省使用，就可以減少砍伐樹木，世界也會平添一絲絲綠意。

當世界變得乾淨，萬物重歸生意盎然，那時我們在陽光普照下的樹中盡情奔跑，盡情擁抱地球。讓我們每個人在心中都產生一份愛，那就是對環境的熱愛。

💬 評審點評

小作者的文字有豐富的顏色及聲音，讀起來充滿畫面感。

人生的財富——健康與環保

楊芷兒

浸信宣道會呂明才小學

環保與健康息息相關，如果不注重環保，就會引致空氣污染、全球暖化、酸雨等嚴重影響我們健康的問題。

首先，空氣污染會引發呼吸系統疾病等問題，被污染的空氣中含有二氧化氮、二氧化硫和懸浮粒子等有害物質。有研究顯示全球約 90% 人每天都呼吸受污染的空氣，這對人類的健康有很大的影響。

另外，全球暖化會令氣溫上升，令中暑、患上登革熱和瘧疾等疾病的機會增加，還會增加風暴、水浸、乾旱的機會；而缺乏食水又會引致貧窮地區的人沒食物吃，營養不良。

此外，就是酸雨的問題。酸雨會溶解土壤中的金屬元素，令礦物質大量流失。植物吸收了酸雨釋出的有害金屬，便會枯萎、死亡。而動物和人類進食植物後又會引致生病。

由此可見，環保與健康有密切的關係，我們應該要多參與環保活動，減少開冷氣、用塑膠物品等情況。希望大家都能愛護環境，令地球和自己更健康。

💬 **評審點評** ——————————————

能就「環保」與三個引致的問題：空氣污染、全球暖化、酸雨加以討論，分段亦清晰；部分討論（全球暖化）略短，嫌發揮不足，有點可惜。

齊環保　共健康

蔡中杰

澳門濠江中學附屬英才學校

　　週一晚上，我們吃過晚飯。哥哥突然說：「今天是 6 月 15 日，是澳門齊熄燈一小時活動，我們一起參與吧！」全家都齊聲說好。只留下了客廳的一盞燈，關閉了其它房間的燈和所有的電子設備，大家坐在一起談心。哥哥問我：「你覺得環保有甚麼好處呢？」我答道：「常識課剛學了，呼吸新鮮的空氣對我們的呼吸系統有好處，可以減少肺炎等呼吸系統疾病的發生。」媽媽說：「是的，呼吸污染的空氣可以引起多種疾病；吃到污染的糧食和蔬果，也會損害人們的健康。減少污染可以讓我們更健康。」我接着說：「還有，不看電視，一起談心，感覺真好！」爸爸聽我們講完後，高興地說：「嗯！你們講得很對，環保和健康息息相關，做好環保有利於身體健康。環保要從節約一滴水，少開一盞燈做起！」

　　讓我們一起參與環保活動，做一個環保小衛士吧！

💬 評審點評

　　以家人對話式去帶出主題，令人想起許地山的《落花生》。文中如能就「環保」問題，多作擴充、引申，文章內容便能有更豐富的呈現。

荒漠小樹的心聲

甘雯希

德望小學暨幼稚園

我是一棵孤單的樹，十幾年來獨自站在沙漠邊緣。

我曾在蓊鬱的森林裏與夥伴相依相偎，在明媚的陽光下細味時光的美好，鳥兒在我們的枝頭築巢飛舞。一派生機盎然之時，人類闖進我們的家園，無情地砍斷我的同伴，動物們也舉家遷徙。青蔥的樹林變成荒漠，清澈的河流早已乾涸。

沙漠狂風四起，我用脆弱的身軀頑強抵抗，樹根緊緊抓地，即使遍體鱗傷，也要堅守於此。我疲倦地睜開眼睛，發覺熟悉的可怕身影愈靠愈近，他們再次揮舞着鐵鍬向我襲來，我絕望地閉上雙眼。

再次醒來，身邊的綠苗讓我驚喜萬分。眺望遠處，渺小的身影正在烈日下開墾荒漠。我身邊的新朋友越來越多，記憶裏模糊的綠洲逐漸清晰，可怕的身影也漸漸柔和。

想像着這裏將重新煥發生機，我和夥伴們承載着人類的期盼，決心與人類共同重築綠色環保家園。生活不應止步於此，需共同為健康與環保齊心協力！

💬 **評審點評** ————————————

小作者透過一棵荒漠小樹的心聲，讓讀者看到了地球的希望；惟總結句稍嫌牽強。

保護環境，拯救地球

唐爍懿

澳門濠江中學附屬英才學校

咦，我在哪？灰濛濛的天空，乾涸的江河，只剩樹墩的森林，見不到任何農作物的莊稼地，四周死氣沉沉，看不到一絲生物的痕跡。遍地的污水和垃圾讓人陌生而又熟悉，我百思不得其解。

突然，一陣狂風暴雨向我襲來。耳邊響起一個刺耳的聲音：「哈哈哈，看看你們人類造的孽！今天我就要替天行道！讓你們人類也活不下來！」

「不！」我驚醒了，原來只是一場夢。

這是一場夢，但真的只會是一場夢嗎？當今這個世界，工業污水源源不斷地流入江河湖海，天空到處彌漫着黑色的煙塵，郊區隨處可見堆積如山的垃圾。森林面積銳減，土地沙漠化，氣候變異，酸雨成災，生態災難頻繁，自然資源逐漸枯竭……

警鐘早已敲響，如果再不好好保護環境，地球上的所有生物將會相繼滅絕，人類也將走向滅亡。

保護環境，拯救地球，也是保護人類的健康與生存！讓我們趕緊行動起來吧！

評審點評 —————————————————

　　文章首段以抒情、描寫的手法帶出話題，頗具心思。正文中嫌發揮不足，提及「污染」造成的禍害，卻沒建議如何停止「敲響的警鐘」，有點可惜。

保護環境　珍愛地球

劉東濰

寶安商會溫浩根小學

我們的家園——地球，是如此美麗！冰藍的海洋是地球唯美的藍紗，廣闊的大地平原是地球完美的妝容，翠綠的森林是地球的瑪瑙項鍊。

可是，人類撲殺動物，濫採亂伐樹木，無休無止地開墾荒地。河流乾枯了，森林變成了沙漠，藍色的海洋成了垃圾袋的世界；地球的臭氧層受到嚴重破壞，使大量紫外線有機可乘，把人們的皮膚曬得發黑；空氣污染導致越來越多的人們患上呼吸道疾病；乾旱、風沙、沙塵暴、水土流失威脅着人類的家園……

地球因為我們人類的肆意破壞，已經傷痕累累。我們應該行動起來，從身邊的小事做起：少用空調，隨手關燈；洗完手要關緊水龍頭；出行時多使用公共交通工具；用環保袋替代塑膠袋，用永久性餐具取代一次性餐具……聚沙成塔，集腋成裘，只要我們能堅持低碳生活，小小的付出也會給地球帶來巨大的改變！

地球是我們賴於生存的家園，請保護環境，珍愛地球！

 評審點評

文筆流暢，能突出環保的重要性。

橙的心聲

洪梓恩

嘉諾撒聖心小學（私立部）

　　我們香橙一族是超級市場蔬果欄中最耀眼的。被顧客搶購，正因我們美味多汁，有抗衰老和清腸通便的維生素C，更能降血脂。每天吃我們可以百毒不侵。多種植我們橙樹，更能吸收溫室氣體，連地球也百毒不侵呢！

　　不過近年人們竟開始冷落我們……對面的燒烤味薯片吹噓說：「橙啊！我們銷量每天急升！哈哈！」我辯駁道：「你有大量油鹽和糖，塑料包裝更是不環保。長期吃你會導致不同疾病……」當我正想繼續說，便看到很多人的購物車薯片堆積如山。當我灰心地嘆氣時，突然，一隻手把我抓起……

　　來到主人家後，我的心立即重燃希望，因為原來還有人注意健康。我看到廚房中很少加工食物，更有各式蔬果。晚餐時小主人不像其他孩子嚷着吃薯片，他們吃光蔬菜，還想吃新買的我們。一邊剝開我們外衣，一邊露出滿足的笑容。看得出主人重視環保，因為他把盛我的膠袋重用，更把橙皮、蛋殼等廚餘作盆栽的肥料，讓幼苗健康成長。

　　如果世上的每個家庭都像他們一樣，你說多好呢！

💬 **評審點評**

　　本文以第一人稱（香橙）的處理手法來探討問題，手法新穎。惜文章內容卻嫌不足，較重視敍事，而忽略深入探討。

塑膠袋大審判

黃茹琪

澳門濠江中學附屬英才學校

我是一個無辜的塑膠袋，現在正被法官審判。

法官：你這個居無定所的塑膠袋，被起訴的罪行是，嚴重破壞我們的健康與環境。你認不認罪？

塑膠袋：我只是一個容納萬物的袋子，給生活帶來了便利，我不認罪！

海豚：哼！都是你，把我的寶寶們給害死了。你在海里漂流時，像極了水母，結果我們吞食後被噎死了，而且你還污染了我們的海水，害得我們不得不搬家，還說你沒罪？

人類：是啊！在我們製造你時，我們的確只是為了方便我們的生活。但沒想到你卻和我們作對，銷毀你時竟發射有毒的廢氣，損害我們的健康。因此我們意識到了健康與環保對我們來說是如此的重要。

法官：塑膠袋，你對自然和人類的損害是無法彌補的。只有健康，人類才會歡樂；唯有環保，才能保護自然。可惜的是，破壞我們健康和環境不止他一個，不能把責任全推到它身上。下一位，殺蟲劑！

　　文章表達具心思，不僅善用對話形式帶出話題，亦具控訴力，大大增強本文的感染力。筆觸細緻有情，用詞亦佳。本文篇幅略短，如能就「環保」問題再作深入探討，必更理想。

地球姐姐生病了

黃君言

聖保羅男女中學附屬小學

「咳……咳……妹妹……」

「姐姐，您怎麼了？」

「我又生病了……今次恐怕無藥可醫了……」

看着一臉病容的地球姐姐，月亮妹妹很難想像她十年前的花容月貌、沉魚落雁，是全銀河系最具美貌與智慧的星球。

「我的呼吸（空氣）、消化（固體廢物）和循環（水資源）系統都分別因人類活動所釋出的過量溫室氣體、毫不節制的生活模式而產生的大量垃圾和污水而衰竭……咳……咳……請你透過你的月光，提醒人類別以為移民火星弟弟是出路，認真實踐環境保護才是呀！」

「對，人類如繼續透支你的資源，累你五勞七傷，人類自己也最終會自食其果。」

可是，即使人類的健康因地球健康日差而每下愈況，還出現了各種不治之症，但是人類對環保仍只有空談。地球姐姐的病況一直沒有好轉，最終因食道和血管被垃圾和塑膠充塞而不治。剩下可憐的月亮妹妹，只能在「月光光」下「低頭思故人」。

 評審點評

小作者的文章充滿戲劇性，有意思。

健康與環保

彭小小

中華基督教會全完第二小學

健康與環保，是甚麼關係呢？

我們為了自己的利益，不斷地向大自然索取，但環保的意識卻不強。我們不斷排放廢氣，不斷砍伐樹木，不斷污染水源，不斷浪費物資⋯⋯可曾想過大自然也需要休息、保護。

我們環保意識不強，覺得不關自己的事。可是大家想過沒有，現在天氣持續酷熱我們怎麼辦？現在疾病種類越來越多我們又將如何？天氣炎熱，我們只好依賴空調，以致於得「空調病」的人越來越多。因為不環保，導致大自然遭到破壞，但我們日常生活又處處依賴大自然，這樣惡性循環，讓我們自身健康也受到影響。

我們從現在起要注重環保，讓大自然恢復往日的容貌，我們才能健康快樂的生活。

💬 評審點評 ────────────────

文章首段以問句開始引入，比較吸引，行文較流暢。但第三段太多設問，建議運用引例多加解說更好。

環保與健康

張崇正

聖公會主愛小學

環保與健康，是否有關連呢？我認為是有關係的。

首先，海洋污染與我們的健康息息相關。海洋裏經常發現不同源頭產生的微塑膠，而它的壞處有很多，可能含有有毒添加劑如塑化劑等有害化合物。海洋生物或鳥類不慎進食後或無法排出體外，並在體內長期累積，導致腸臟變形，增加中毒風險。由於塑膠不易分解，可在海洋殘留數百年，能在食物鏈中不斷累積，最終流入商品市場，市民食用後身體也會受損。已有研究顯示食用受污染的海產可能損害腦部、身體機能及生殖能力。

第二，空氣污染會影響我們的健康。汽車排放的一氧化碳，或是工廠排放的二氧化碳，都會造成空氣污染，並且引致一系列健康問題，例如哮喘、呼吸及心肺疾病，甚至肺癌。由此可見，空氣污染會危及生命。

如果我們做到環保，減少海洋及空氣污染，這樣就能擁有健康身體，安安心心過着幸福又舒適的生活了！

 評審點評 ————————————

言簡意賅，條理清晰，重點突出。

不一樣的動物派對

湯棟博

英華小學

　　動物森林裏，獅子國王每年舉辦一次大型派對。獅子國王的宮殿裝飾得金碧輝煌，來參加派對的嘉賓們個個都精心打扮。他們跳着、唱着、笑着……開開心心地玩了一整天。

　　今年獅子國王如往年一樣又舉辦了這盛事。奇怪的是，來參加的動物寥寥可數。瞧！長頸鹿舉着拐杖慢慢走來，還不停地咳嗽；以往活潑的猴子們現在卻沒精打采地呆着；一向愛美的孔雀毛色失去了光澤；從來不遲到的小熊也姍姍來遲，並哭訴着：「嗚—嗚—我剛剛去河邊喝水，得知我的好朋友小金死了，還發現牠的同伴們也奄奄一息，這到底怎麼回事？」

　　近年，人類為了經濟利益，不斷砍伐樹木。溫室效應引發熱浪導致森林大火，燃燒物的污染引致空氣變差，令動物們健康每況愈下。工廠排出污水流入河流污染水源，令大量魚兒慘死。

　　環保與健康息息相關，讓我們齊心協力保護環境，拯救地球上無數生命。

💬 **評審點評** ────────────────────

　　行文尚見流暢。以故事形式去帶出主題，表達生動，惜「環保」問題的探討未算深入，宜進一步多加發揮，以豐富文意。

健康與環保

楊驍

天水圍官立小學

自從人類的出現，環境就開始被污染，現在環境污染的問題不但沒有減少，而且日益嚴重。

由於人類的工業不斷進步，各種工廠林立，使污水不斷流入大海，令海洋生物失去了家園，也令人類的食物來源減少，破壞了食物鏈，人們進食了受污染的海產，影響健康。人類的生活需求也大大增加，汽車被大量使用，大量二氧化碳排放到空氣中，使大氣層變得稀薄，溫室效應加劇，更令北極的冰塊快速溶化，令動物失去了家園，很多低窪地區被海水淹沒，數千萬年前的細菌和病毒從溶解的冰塊中甦醒，令人類及各種生物面臨巨大的生命威脅。

除此之外，樹木被過度砍伐，海水變暖引發的各種天然災害包括地震、海嘯、颱風等等，都需要我們所有人共同關注和解決。

這些事情都令我覺醒，明白到保護環境的逼切性，從現在開始我們要共同守護我們的地球。

 評審點評

文章舉例豐富且貼題，但解說略顯不足，有點可惜。

健康與環保

黃穎童

元朗官立小學

你可能不知道健康與環保息息相關，但你一定知道，要健康就一定要良好的環境，那麼怎樣保持良好的環境？我們可以由環保生活開始。

環保健康的生活可以從空氣這方面開始。空氣對我們人體十分重要，如果空氣不乾淨，就會大大影響我們呼吸系統，所以我們要保持空氣潔淨。那可以從何下手？我們可以盡量避免使用或減少使用私家車並選乘交通工具，也可以在不需要用電器的時候把電器關掉，這樣就能減低空氣的污染。

除了空氣之外，食物對我們也很重要，如果我們吃了受污染的食物，身體就會出現毛病。而污染物主要來自工業廢料，工業底料會污染水質和空氣，我們要經過過濾和處理，才可以排出大海。

最後，要身體健康就要環保，否則乾淨的空氣和事物就會消失，所以我們要保護環境和支持環保，養成環保的生活習慣。

評審點評

文章分段清晰，綱領尚算分明。正文中的立論，則宜更緊扣，以加強文章的說服力。

健康與環保

吳佩慈

大角嘴天主教小學

關於人生的財富，很多人會認為財富就代表金錢，而我卻認為人生中的財富是健康，因為即使你有再多的金錢，也不能換取健康。

斯賓諾莎曾說過：「保持健康是做人的責任。」我非常認同這句話。然而，怎樣保持身體健康呢？方法有很多，例如：鍛煉身體、每天有充足睡眠、飲食均衡等。此外，原來環保亦是一個重要的元素。

以綠色飲食文化為例，現今社會有很多人都會選擇吃素來支持環保和保持身體健康。假如我們都變成素食主義者，在理想的情況下，至少能使百分之八十的牧場變回草原和森林，植物將吸收更多的二氧化碳，釋放氧，減緩全球暖化。另外，選擇有機食品亦有利身體健康，因普通食品在生產過程中，可能大量使用農藥、化肥等有害物質，不利人體。

由於可見，開展環保生活，有利於我們保持身體健康，累積財富。

💬 評審點評

文章正文中主要圍繞「綠色飲食」，發揮尚見不錯，資料亦足。整體來說，如能就「環保」問題，作多方面的探討，文章內容會更顯充實。

健康與環保

梁香嫣

香海正覺蓮社佛教正覺蓮社學校

致地球的人類：

我是一隻很不起眼普通的蝙蝠。這是一封給你們的信，也是一封嚴重警告信。

就拿這次的疫情來說吧，貪婪至極的你們為了一時口福而捕捉野生動物來吃，最終害了全人類，真是自食其果。吃野生動物的壞處非常之多。第一，動物是人類的朋友，有許多野生動物瀕臨絕種，十分稀有。第二，野生動物身上的病菌數之不盡，多得超乎你的想像，吃野生動物就相當於在把病菌往自己身體灌。第三，如果過量捕捉一些野生動物會影響生態平衡，生態平衡會影響整個地球的命運。看到這裏，希望你們以後都不要再吃野生動物。

其次，你們總是無時無刻地污染環境，浪費資源。最近這幾個月天氣炎熱，烈日炎炎，你們就像在蒸籠裏的肉包子。於是，你們就開空調，舒服是舒服，但你們有想過舒服的背後要付出多大代價？空調既用電量多而且排出的熱氣會使地球的溫度越來越高，一年比一年熱，還會導致全球變暖，冰川融化。你們也十分浪費資源，一些人就是身在福中不知福。還浪費水資源，不好好惜水。還有空氣污染……唉，地球只有一個，一定要好好珍惜保護啊！

讓我們同心一起建設個美好的家園吧！

祝

心想事成

蝙蝠

六月二十日

 評審點評 ─────────────

　　以書信形式來探討「環保」問題。惜第二段中，交代了人類不應捕食野生動物的原因，偏離了本文的主線，影響了全文結構，宜加注意。下筆前，如能先擬定寫作大綱，必更理想。

健康與環保

李考峰

聖公會主風小學

致全體人類：

　　你們好，我是地球先生。我現在每天都覺得難受，為甚麼會這樣？主要是因為你沒有好好愛護我。

　　你們每天都會排放大量溫室氣體，導致我的體溫愈來愈高。你們喜歡開空調，喜歡以汽車代步，也喜歡吃肉食，這些行為都會增加碳排放。我建議你們以風扇代替空調，以自行車或步行代替汽車，以素食代替肉食，這樣不僅可以對你們的身體健康有利，也對我有益，何樂而不為呢？

　　你們平常喜歡貪方便，使用大量的即棄塑料用餐具、塑料袋等，導致我的毒素愈來愈多，當然這些毒素最後也會進入你們的身體，危害你們的健康。所以我建議你們以環保材料生產，可循環再用的物料來取代那些塑料用具，還我一個潔淨的身軀，也還你們一個健康的身體。

　　當然，除了上述的方法，還有許多其他方法可以拯救我。只要你們肯努力，我就會好起來的！

地球先生

五月一日

評審點評 ─────────────

　　文章內容充實，行文亦見流暢。以書信及第一人稱的處理手法來探討「環保」問題，具感染力。文中除探討問題，亦有提出具體建議，能令讀者獲益。

環保小種子

陳宇凡

澳門菜農子弟學校

很久以前，我們的地球是個美麗的大家園，這裏樹木蔥蘢，鮮花盛開。可是，後來人類獵殺動物，濫砍伐樹木，森林變成了沙漠，藍色的大海變成了垃圾袋的世界。地球的臭氧層受到了嚴重的破壞，加劇了溫室效應。

在這裏我跟大家分享幾個環保的小點子：為了更好地善待樹木，我們應該節約用紙，盡量把用過的本子雙面書寫，還可以把已書寫了硬筆的本子再用來練習寫毛筆字或起稿作畫，重複利用資源。另外，減少水資源的浪費，為了節約用水，我們可以把淘米的水再用來洗菜、澆花、甚至清洗馬桶。當我們外出時，同樣要節約能源，盡量選擇乘搭公共交通工具，如目的地不太遠的話，甚至可選擇步行前往，為環保出一分力之餘，對我們的身體也有益處。

「保護環境，人人有責。」我會把這顆「環保種子」永遠銘記在心，我會用細心、耐心、愛心去澆灌它，讓它生生不息；讓它茁壯成長。

💬 評審點評 ──────────────

相信小作者用愛心和耐心澆灌的環保小種子一定可以發芽、成長，帶給地球新氣象。

環保，是人類共同的使命

吳鈞傑

菜農子弟學校

　　南北兩極的冰川正逐漸融化，海平面緩緩地上升，颱風風暴亦變得越來越頻繁……這一切的景象為甚麼會發生？事情的源頭又是甚麼？原因很簡單，其實就是因為全球的氣候已經開始暖化了，人類正在為不尊重自然，付出沉重的代價，各種新型傳染病的發生，一定意義上，就是大自然對人類的懲罰。

　　全球暖化主要是因為大氣污染、人口劇增、酸雨以及水污染等因素，這也就影響了地球上各種生物的生存環境，影響了人類的健康，因此為了生態環境和健康，我們應該提倡低碳生活，盡量減少二氧化碳的排放，如果我們不實現低碳生活的話，那麼我們以後的健康肯定會受到很大的影響。

　　大自然以它的方式一次次給人類敲響了警鐘，不過可幸的是，很多人已經意識到了危機，明白人類要對大自然有敬畏之心，盡己之力去維護大自然形成的平衡，好好保護環境，保護我們共同的美好家園。環境保護，已經成為人類共同的使命！

 評審點評

言簡意賅，重點突出。

初中組

儲蓄與財富

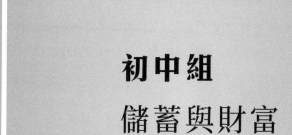
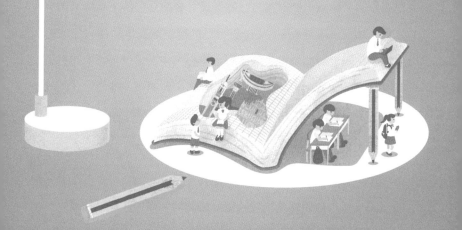

財富＝？

蘇展樺

鄧鏡波學校

　　財富是甚麼呢？我認為一個人的一生，就是最重要、最可貴的財富！人生的階段就像一條長長的道路，小時候，財富是食物是玩具，吃喝玩樂是所有，你甚至可能不知道你的父母的名字，但一定知道那玩具的名字；到了讀書的階段，是知識是成績；到成人而言：財富就轉成錢、親情、友情也有可能是愛情；當你老了，一個老人而言，財富就變成健康；而我就認為就是這四大階段，缺一不可！

　　要擁有財富，自然需要苦心累積和經營，我理「財」的方法是：對於情感上的財富，我認為最必要的是堅持、維持、持之而行，這三「持」代表：父母對自己的愛是無盡，即使有任何的問題，他第一時間不是生氣，而是擔心，作為父母，眼中的兒子或女兒，即使我們是成年人，但他們眼中是小孩。他們給我們的是任何事，他有的，可能會全陪送給自己再多的！所以長大後除了物質上，不如給他們多一些時間，陪伴多些吧。

　　友情：你可能會認識很多朋友，但交心的有多少呢！如果父母是支援，他們就是後援，第一時間開解你，甚至是抱不平，但友情是不是太可過份依賴的，過份是不行的，你們可以吵架、打架但不能絕交，畢竟這份情是可貴的，你有錢可以買任何事物，但情感例外。

金錢！我認為夠用就行了。有人說：「錢不是萬能，但冇錢就好頭痕！」我不認同的，但又是真，我會努力謙錢養家，可以有好生活，但是絕對不可以忽略身邊人。

　　如果想自己的財富永遠，「經營和累積」是不可或缺的。常言道：「世界沒有免費午。」不只是錢，感情無形的，亦無價的。一起努力吧，一起走完這無盡的人生路。

 評審點評 ─────────────

　　以開門見山的手法，說明自己的觀點，又再從不同的角度分析、討論，有一定的理據。

人生的財富

朱子旋

鄧鏡波學校

　　光陰似箭、日月如梭，時間彷彿脫韁的野馬，從我們身邊飛馳而過，又如同手中的流水，不知不覺地消失殆盡。曦陽夕落，悄然間，十多年逝去了，人生中，又有幾多十年？

　　回想起年幼時，望着父母「自由」的模樣，無憂無慮的我，多麼地渴望也能趕快長大，展翅高飛，離開這小小的城市，脫離父母的「束縛」，到外面去看看，看着大人們開車四處奔波，我也曾向他們抱怨過我的生活是那麼地無趣，父母卻總是笑着摸摸我的頭「孩子啊！你才是最幸福的吶！你還小，有的是時間。」

　　千篇一律的回答，令我總是覺得被敷衍，現在回想起來，卻是有些了然——是啊！當初創造了蘋果公司的喬布斯，舉世聞名，他的未來是那麼繁華似錦，充滿希望。突如其來的絕症噩耗，他的內心會有多麼地悲淒啊！時間為他帶來物質以及精神上的一切，卻又奪走了他的一切……他是沒有金錢、學識？亦或是智慧和拼搏？不，他擁有一切，但唯獨少了時間……

　　所謂對時間越吝嗇的人，時間對他就越慷慨，一個追求卓越、對生活滿載希望的人，他的一生是充實有意義的，家庭是幸福美滿的，因為他們懂得如何去善用時間，以時間這筆「本錢」去換取更多的追求；相反，一個終日遊手好閒，不學無術的人，

雖然同是二十四小時，但他們的一生是注定一事無成的，因為他們在浪費最寶貴的財富——時間。他的一生仍然比那些長命百歲的人活得更加光彩照人，依然是流星中那顆最為耀眼的晚星。許多年後，這顆名為「喬布斯」的流星依然牢記在大家的心中。

民間一直流傳着一句話「不管在那一件事上付出一萬小時的努力，你都能成為這方面的專家。」時間不會讓你的努力付諸東流，只要人們肯付出足夠的時間，它會為我們本來一切自己的夢想；只要大家學會如何合理要排時間，我們的一生，將會無比地充實「盛年不重來，一日難再晨」，金錢沒了可以再賺；不明白的知識可以去學；覺得孤獨可以去勇於結交知己；身體不好可以學會修身養性醫治疾病。可是，時間都去哪兒了？它流逝了，我們又該處何寄？

 評審點評 ————————————

用自己的成長經驗，切入主題，再引人名人的事例，加以說明，表達清晰。

儲蓄與財富

陳子愷

鄧鏡波學校

這是最貧窮的時代，這是最富有的時代，這是最憤恨的時代，這是最感恩的時代，這是最慌亂的時代，這是最安逸的時代，這是最愚昧的時代，這是最睿智的時代。締造甚麼的時代，關鍵在於懂得儲蓄。

儲蓄金錢會令你得到物質的財富，因為金錢有很多用途。人們可以用金錢做很多的事，令生活變得富有。但是有些人會被金錢蒙着雙眼，拚命賺錢，變成「金錢奴」；另外也有些人會不擇手段地去獲得金錢。美國著名思想家培根說過：「財富是美德的包袱。」印度詩人泰戈爾也有說過類似的話：「鳥翼上繫上了黃金，鳥就飛不起來了。」但是金錢只是物質上的財富，而財富是有很多種的。

儲蓄愛會令你精神富裕，當人充滿了各種愛，例如：友情、親情、愛情等，他就會感到幸福。至於有些人對其他人、事、物十分憤恨，就是因為他們不懂愛。例如非洲的一群孩童，接收了宣明會的一些食物，他們十分開心。他們不只是因為可以飽餐一頓而開心，還有他們感受到人間有愛。又如英國大文豪莎士比亞所說的：「忠誠的愛情充溢在我的心裏，我無法估計自己享有的財富。」「有很多良友，勝於有很多財富。」雖然香港社會不安寧，但我有相愛的父母疼愛，就感到幸福無比，。所以不如獲得

愛──這種心靈財富吧！

　　儲蓄時間會令你心胸廣闊。曾經有人問我：「為何有人們總愛退休？」我答道：「因為他們渴望擁有很多時間，不用再像年青人為了生存而朝忙夜忙，甚至不睡覺。退了休後有安逸的生活，你說是不是很愉快？你還可以有閒情去做你想做的事呢！」所以儲蓄時間也是一種財富。正如中國著名文學家魯迅說：「時間對我來說是很寶貴的，用經濟學的眼光看是一種財富。」又正如美國哲學家梭羅說：「有時間增加自己精神財富的人，才是真正享受到安逸的人。」另外英國著名作家毛姆道：「由於時光轉瞬即逝，無法挽回，所以說它是世間最寶貴的財富。濫用時光無疑是人們最沒有意義的一種消磨方式。」由此可見，儲蓄時間可以令人感到安逸。

　　儲蓄知識的人會懂得接納、包容，看事通達，不會做愚昧的事。正如歐洲有一諺語：「積累知識，勝於積累金銀。」蘇聯人也有說：「知識比金錢寶貴，因為金錢買不到它。」如果你現在開始累積知識，你的人生一定多姿多彩，因為會更懂得生活，懂得珍惜愛，懂得善用金錢和時間。

　　擅於儲蓄金錢便能擺脫貧窮，變得富有；擅於儲蓄各種愛便能擺脫憤恨，變得感恩；善於儲蓄時間，便能擺脫慌亂，變得安逸；擅於儲蓄知識，便能擺脫愚昧，變得睿智，走向美好的時代。

評審點評

　　從宏觀到細察，由名人到自己，多方論述，突出主題。

儲蓄珍貴的財富

邱嘉琪

新會商會陳白沙紀念中學

　　人生需要儲蓄財富。在別人看來，財富指的就是金錢；但是在我看來，財富指的是親情，友情和自信。

　　儲蓄親情。自古以來有一句話是：「家是心靈的避風港。」這句話一點也沒有錯。在家裏我們可以敞開自己的心扉與自己的父母或家人們交流，無論是工作上，生活上還是學習上遇到的困難或挫折，我們不用害怕身後的狂風暴雨，因為父母和家人的愛會形成一面堅固的牆，使我們不會受到傷害。親情是航行中的一道港灣，當我們一次又一次觸礁時，慢慢駛入，在這裏沒有狂風大浪，我們可以稍微的停留，放鬆自己，隨後再次高高揚帆。也許我們會覺得父母的叮囑太過於囉嗦，但那些正是他們愛我們的表現，讓我們一起儲蓄親情吧。

　　儲蓄友情。有一句古語是：「在家靠父母，出外靠朋友。」在我們感到無助的時候，朋友會給予我們安慰和陪伴；在我們感到失望和徬徨的時候，朋友會給我們信心；在我們成功和快樂的時候，朋友是和我們一起開心的人。真正的朋友是可以值得依賴，在我們需要他的時候，他會及時出現，陪我們走過一段美好時光。我們需要懂得儲蓄友情。

　　儲蓄自信。自信可以幫助我們充分認識自己的長處和潛能；

自信是走向成功的保障；自信是人際交往的需要。所以我要慢慢地將它儲蓄起來，成為我的財富。

親情，友情和自信是人生中必備的，我們應該學會將它儲蓄起來，使它成為我們無價的財富。

 評審點評 ——————————————————————

從多方面論證問題，文字簡明扼要，最後作出的結論亦合乎邏輯。

儲蓄與財富

蔡俊豪

新會商會陳白沙紀念中學

在世上，每個人都一定會儲蓄大量的財富，但是財富不一定是實體的，也有一些比實體的財富更有價值，這些東西可能是親情、愛情、友情、學問等等，我想介紹我認為最應該儲蓄的三個財富，分別是親情、自信和興趣。

我先介紹為甚麼親情就應該儲蓄的，每個人都有自己的家人，這些都是無法更換的，它不像友情一般，只要我們不經常和他們聯絡，他們就會隨着時間忘記這段友情，當中親情的代表一定是我們的父母，我相信這是無可置疑的，我相信大家都有聽過這句話——家是你的避風塘，你的誕生正正是因為你的父母，他們一直照顧你、保護你和教導你等等，他們照顧你是不計一切代價的，在家人面前，孩子的性命永遠是比自己的姓名重要的，你可以在其他地方找到這樣對待你的人嗎？當然不可能的，他們會這樣做是因為我們是他們的孩子，這樣做是沒有理由的，我認為親情是人生最應該儲蓄的東西，它的價值比所有東西更重要，你可以不要愛情和友情，但一定不能不要親情。

第二個是自信，我認為想學習成績好，學習不單單是要努力罷了，甚至是最沒有用的東西了，因為這些事基本的，你想要得到，就必須要努力，做這些事情是沒有可能一步登天的，除非你是天才，但是我相信世界上真正是天才的人很少，自信和學習又

有甚麼關係呢？因為缺乏自信，會讓你學習的視野變窄，你會不相信新穎的方式，只會一味使用舊式的方法，我相信這是因為你不敢和不肯定，在我看來正正就是缺乏自信，真正有自信的人是不會害怕的，他會勇於嘗試和學習，這些正正就是學習最需要的東西，自信和學習是掛鉤的，所有的科學家都是擁有自信的，因為他們會探索嶄新的科學理論和新穎物件，這些往往正是需要勇於嘗試和學習，如果你想創造一樣東西，自信是不能缺少的。

我相信每個人都有屬於自己的興趣，例如畫畫、看書和踢足球等等，興趣也是需要自己儲蓄的，如果不儲蓄，你就沒有興趣，會是你的人生的樂趣減少不少，我認為興趣能和很多東西合併，例如看書可以和學習合併等等，興趣看起來雖然看起來和親情和自信沒有那麼重要，但是我認為興趣是人生最重要的潤滑劑和東西，興趣能幫助你尋找和你志同道合的朋友，興趣能在工作時幫你減低壓力和提供娛樂，是不是興趣也是十分重要呢？試想想看看，如果沒有興趣，人生必定會暗然不少，同時挖掘自己的興趣，也是十分有趣的呢！

最後我認為人生最應該儲蓄的財富有很多，但是所有人沒有辦法完全把這些財富儲蓄下去，必定會失去幾個，我們必須要盡努力去儲蓄這些財富，這些財富會影響着我們的一生，儲蓄往往是得到財富及必定會做的，但是看看你儲蓄多少，儲蓄越多，你將來獲得的財富也會變多，這些財富一定會比你剛儲蓄的時候還要更好，儲蓄是最重要的。

評審點評

　　圍繞主題，由淺入深，層次分明地展開論述，具有一定的說服力。

儲蓄與財富

許振維

新會商會陳白沙紀念中學

　　要在日常生活中通行無阻，每個人都需要一項不可或缺的物品——金錢。金錢的多寡在很大程度上取決於人們的家境，有人出生於富裕家庭，擁有的錢財自然較出身貧寒的普通人家為多。由於金錢對生活質量的提升舉足輕重，因而人們不論貧富，總會孜孜不倦地追逐金錢。所謂「積少成多」，儲蓄同樣是理財中重要的一環，然而，儲蓄會受到很多因素影響，包括家庭因素、個人經歷、生活需求及欲望等等，這就是每個人儲蓄及財富觀念的形成！

　　我對儲蓄及財富的觀念與一般人不同，想想人們常說的金句：「有錢並不是萬能，無錢卻是萬萬不能！」於是許多人都會急功近利，希望在最短時間獲取最多金錢。而我相信累積財富的過程是儲蓄，儲蓄就如種植樹苗一樣需要漫長的時間，並不能揠苗助長。至於財富到底是誘惑他人的萬惡慾望或是為他人的未來帶來潔淨美好的人生記錄簿，那就在於每個人的一念之間了。為甚麼我會對儲蓄及財富產生這種觀念呢？都是因為受到身邊的朋友、家人及個人反思的影響吧！

　　在小時候，我曾問母親：「為甚麼你們可以買到房子，難道你們是富豪？」母親回答了我，她說：「我們並不是富豪，小時候我是一個貧窮家庭的小孩，只不過因為擔心窮困的狀況會使自己

三餐不繼，所以便常常想，如果我花費了現時的財富，未來我會怎麼辦？就會省吃儉用，積穀防饑。」我也逐漸被潛移默化，明白了儲蓄的重要性。

到了現在，偶爾會看到我身邊的朋友經常看到他想買的物品時便會歇盡所能地儲蓄，但有足夠財富時便會立即花費，使積蓄如夢般快速消逝；甚至還要以「劉備借荊州，一借無回頭」的方式向他人借錢，使自己的開銷和誠信都入不敷支，這個現象真的值得我們反思。

金錢，或者會令人做出種種惡劣的行為，叫人擔憂。因此，建立正確的金錢觀是非常重要的，希望每個人都能以種樹苗的方式儲蓄起屬於自己的財富，讓財富成為我們潔淨的人生紀錄簿。

💬 評審點評 ————————

以作者自身的體驗，從正、反不同的方面展開論述，言之有理也有據。

儲蓄與財富

馮可耀

伊利沙伯中學

佛教有句話說得好：人生一世，萬物皆空。即是說：無論你是李嘉誠，還是一般普通老百姓，邁向了死亡之後，便甚麼都沒有了。

對於財富的定義，每個人的看法都不同。有人說健康是無價寶、有人說無錢就萬萬不能，有人說沒有權力，就沒有財富⋯⋯但你只要仔細的想一想，你便會發覺說這些話的人都是目光短淺的人。這是因為權力、金錢、健康都會隨着你仙遊而消失。那麼，甚麼財富能千世萬代地延續下去？

答案很簡單，就是知識。例如牛頓透過蘋果樹，發現了牛頓力學；愛迪生透過成千上萬次的實驗，終於發明了電燈；卡爾・央斯基透過研究星宿，發明射電望遠鏡⋯⋯他們把自己的知識轉換成全人類的財富，他們就是推動世界進步的佼佼者。

至於我呢？我會怎樣將知識轉換成財富？

首先，我得有資金去做實驗。要有資金，我得有一定的人際關係和知名度。兩樣東西有了之後，又要有健康的身體，才能等待不斷試驗，最終實驗成功的階段。最後可能我研發了一道定理或公式，將它公諸於世，讓世人的整體知識又多了一層。

從上可見，我是將一些暫時性的，不是永久性的財富儲蓄起來，如：健康、金錢、權力，然後將這些財富透過實驗，再將其轉成永久的財富——知識。

所以，我認為財富是不會消失的，它不會突然增加或減少，只會被我們不斷轉換，而轉換的過程，就是積蓄。能量守恆定律說得好：能量不可增加，亦不可減少，它是百分百存在。能量正可代入「儲蓄與財富」此話題。

有人可能會反駁：那麼你一世也研究不出結果呢？你是否沒有轉換財富？當然不是，因為你可以將研究成果交付別人，將其延續下去。以世上進行得最長時間的實驗——瀝青跌落實驗為例。這個實驗足足進行了九十多年，目的是用攝影機拍到瀝青跌落的一刻。雖然，最後一次試驗中瀝青是因為不小心碰到而跌落，但總算用攝影機拍到瀝青跌落的一刻。這個實驗前後經歷了三個掌管人，但他們亦成功把人知識承傳下去。由此可見，知識傳承不是個人的責任，而是全部人的責任。

總括而言，我不是說權力、財富、健康沒有用，他們只是暫時性，個人的財富，要將它們轉換為永久性的財富——知識，才能將人類整體的知識推前一步。

💬 **評審點評** ————————————————

文章圍繞主題，有條理、有層次地展開論述，並且能結合作者自己的切身經驗，作出具體的說明。

儲蓄與財富

王心怡

五旬節中學

你見過洶湧澎拜的大海嗎？我知道它是由無數條小河匯聚而成的。

你嘗過甘甜可口的蜜糖嗎？我明白這是蜜蜂們幸勤過後的成果。

在我們這個年齡，大都是衣來伸手、飯來張口，經濟負擔還未是道路上的絆腳石。對於我來說，真正的財富是知識，是靠儲蓄得來的，是從小積累，不斷積累，日積月累。

「總的來說，我方認為沒有甚麼一夜成名，那都是百煉成鋼。」語畢，計時器剛好響起，「嗶──」「本次獲勝方是……」這一刻，時間靜止了，我屏住呼吸，心跳驟停，全神貫注地盯着裁判的眼神去向，「是反方，國青隊！」瞬間，寧靜被打破了，全場沸騰，氣氛高漲。我終於成功了！教練點頭向我走來：「這是你這些年來的成果，恭喜你！」被認可後，我欣慰地揚起了嘴角。

看着一堆宣傳紙排列在我面前，這張乏味，這張又不吸引，怎麼就找不到有挑戰性的讓報名呢？我從左往右掃視……停，辯論隊？我看着紙上的幾個大字：要贏？靠知識來說話！

就是你了！本以為自己博覽群書，滿腹經綸能夠在首次比

賽中辯論得熱火朝天，怎料被潑了一盆冷水。唉，我垂頭喪氣地回到寢室，接下來報導一則新聞，國青隊在國際錦標賽中再創佳績，勇奪冠軍！」聽到讚歎聲鑼鼓喧天，掌聲絡繹不絕，偶像被眾人抱起喝彩，我的好勝心突然崛起，心中燃起熊熊烈火。

今天聽着辯論技巧講座，在台下奮筆疾書，記下所有極具說服力的句子。明天趕在太陽還在刷牙時，早早到操場練習說話，一句句燙嘴的繞口令從我口中脫口而出。後天聽着前輩歷年比賽的錄音帶，學習並摘錄，圖書館的書籍來回閱讀，整理資料，不分晝夜地練習。

一年，兩年……五年，每天重複着相同的訓練和到處學習，知識寸積銖累，存放在腦子裏，展現在技巧上，發揮在比賽中。這些我都堅持下來了，因為我並不覺得辛苦，只為賭上一切，贏得這場至關緊要的比賽勝利，贏得屬於我的財富！

「時間只剩下十秒了！」身旁的隊友小聲嘀咕着提醒我。糟了，看來我只能精準地總結我方的結論，才有機會脫穎而出。在這一秒內，我把對方所有不符合我方論點邏輯的在腦子都過了一遍，反應敏捷地道：「總的來說，我方認為沒有甚麼一夜成名，那都是百煉成鋼。」終於，送了一口氣。

我們終於贏了！在這一刻，我也被眾人抱起喝彩，感覺自己從目光短淺的假小子磨練成滿懷墨水的財富者，財富隨着時光流逝和辛苦汗水儲蓄着，我知道，這一切都值了！

其實，即便是大人們一生所渴望追求的錢財，也是要靠知識得來的，畢竟知識本身就是財富，應當趁着還年輕，好好積攢吧，財富終必屬於你的！

 評審點評

文章以故事喻道理，寫作的角度特別，文筆流暢，描寫活潑、生動。

那些年，我們錯過的財富

項宇康

聖言中學

　　我沒有孔子的滿腹經書，亦沒有馬雲般腰纏萬貫，但我對財富與儲蓄卻有別具一格的看法。

　　黃昏時分，我漫步在中環街道上，一抹斜陽灑在人們的臉上，我透過陽光，看到了人人臉上滿面春光、無比得意的樣子，卻未曾想，在城市的另一角，有着大相徑庭的模樣。

　　受新型冠狀肺炎影響，香港失業率再創高峰，此時此刻，失業人群拿出自家儲蓄，作日常消費。可日常不作儲蓄的人怎麼辦呢？他們只好低聲下氣地借親朋好友的錢，可在此時，又有誰會借予你？

　　小學六年級時，中文老師曾對我們諄諄教誨：「世間上，每個人都渴望獲得大量金錢，可到老了，才發現隨自己而去的只有一輩子的知識，只要肚子裏有墨水，走遍天下都不怕！」她說的並沒錯。金錢是最容易得到的東西，只要你努力，便能夠獲取金錢，但人生真正的財富只有金錢嗎？

　　一味追求物質上的財富真的能令你快樂嗎？不！只有真正的心靈財富才能令你獲得身、心、靈上的快樂、慰藉，這種快樂才是真快樂！一個人一輩子拼死拼活地掙錢，養家糊口，卻忽視了人來到世間的真正目的。在塵世間，金錢只是個工具，助我們

獲得更崇高的品性、操守，這些等等都要靠知識灌溉，而往往真正的人生財富，便是金錢以外的——知識。知識是一樣好東西，汲收後它會封存於腦子裏，無法奪走，只有這種財富才能伴你一輩子。

媽媽在我小時候講了一個故事：「有一位富豪參加挑戰，每天獲發一百元，而也會發放一百元予一位平民，看看最後誰的錢最多。平民故步自封，安於現狀，把錢存起來。而富豪則截然不同，他不安於現狀，運用自己的知識把錢拿去投資，以本獲利，賺取更多金錢。不出所料，富豪贏了。」

富豪們往往都獨具慧眼，他們看到的東西與我們看到的迥然不同，正正是知識改變了他們。好比馬雲，從小在西湖旁與外國人溝通，慢慢儲蓄到了一點一滴的知識，最終才鑄就到他那恢弘磅礴的商業王國，也正是應了那句話：「知識改變命運」。因此，真正的人生財富非知識莫屬。

小時候六、七歲時，看到電視上富豪們眉開眼笑時的樣子，心中激動難按奈，當時我多麼希望我是那電視機裏的富豪，相信有不少人與我的心情同出一轍吧！可是經年月流動，我卻發現富豪們或許並不真正快樂，他們擁有萬貫家財，可等他們百年後也無法帶走。就好比馬雲，他曾說：「有錢，我並不快樂。」由此可見，就算成為了億萬富翁，凌駕於數十億人身上，也許並不快樂。或許在我們平民老百姓眼裏，他們已達到人生巔峰，但在富豪眼中，錢並不能使他們快樂。縱使家財萬貫，但身心上的財富

卻未能飽滿。

　　暮靄與朝霞，如梭般轉換。趁我們年輕，有着大好青春，應想方設法地汲取知識、獲取財富。大海是由千千萬萬滴水滴匯聚而成，知識也是如此，只要從小便開始積累財富，到踏入社會的那天起，你已不輸於任何人！就算剛開始一貧如洗，也能慢慢地運用知識改變命運！我亦相信，等到我們白髮蒼顏、年華已逝時，再回顧今世，眼中所看到的應是一本輝煌燦爛、氣貫長虹的好書，此書更是無法媲美！這本書書寫着我們如何以知識改變自己，並書寫着我們最終獲得的財富；又或者是一首蕩氣迴腸的讚歌激盪有力地傳入耳中，這首歌運用畢生知識財富交織而成，世上難覓一二。從今開始，我們應不斷充值自己，令身、心、靈的財富皆能豐滿，再用知識，豐富我們的生命；再用知識，填滿我們人生唯一的儲蓄罐——腦子。

 評審點評

　　用作者自己的成長經歷，寫出對主題的認知，條理分明，清楚清晰。

儲蓄與財富

楊惠婷

聖嘉勒女書院

　　甚麼是人生最大的財富呢？我又如何才能得到它呢？說到財富，我們常常把它跟金錢聯繫在一起，而財富的積累很大程度上靠儲蓄。所以從小就幻想着成為大富翁的我一直把我大部份壓歲錢交給媽媽存起來，只留下少量零花錢自己用。媽媽每年都會給我看看我小金庫的現狀，而我的存款每年都略有增加。想像着我的財富將滾雪球一樣越大，長大後又可以買很多自己想要買的東西，我就很有成就感。

　　可是在我認識了小雨之後，我對財富又有新的看法。小雨是媽媽和我捐助了四年的女孩。她的父親常年在外打工，而母親又離家不知所蹤，所以她跟着喪偶的奶奶一起生活在廣西宮城的農村裏。這也導致與我同年齡的她過着截然不同的生活，並養成了完全不一樣的性格。媽媽每年暑假都會帶我去看望她，雖然我只比她大三個月，卻已整整比她高了一個頭，這也是她一直稱我為大姐姐的原因。相處久了之後，我發現小雨的成績不是特別好，但她很努力學習。不像我總以為自己甚麼都懂了而很少認真複習功課；她的生活其實很清貧，但她從來沒有抱怨。也不像我，遇到一點點小事就會先抱怨；她平時除了上學還要幹很多家務甚至農活，但她依然很快樂。完全不像我，別說農活，我連家務都不用做。但這樣的我活得好像還不如她快樂。因此我終於忍不住問

她：「妳平時總要幹這麼多活為甚麼還能天天這麼開心啊？」她歪着小腦袋想了一下，然後從她整天背在身上的小書包拿出一本日記本遞給我說：「因為有它！」我迫不及待地翻開它，入目的是她記錄下來的生活點滴。如：今天天氣晴朗，上學的路好走了很多，真好；今天的柿子又大又甜，奶奶說應該能多賣點錢，太棒了；期末考試我的成績進步了十名，我好高興。等等。

這本小小的日記本已經寫滿了一大半，小雨或大或小的快樂記憶漸漸淹沒了她也淹沒了我。我明白了！小雨之所以能這麼快樂，是因為快樂也可以儲蓄的。其實把生活中的快樂和美好都記錄下來，也是一個儲蓄的過程。而這個過程不知不覺中為我們積累了一筆無價的財富。在我們遇到困難或感到失落時，這筆財富會帶給我們強大的力量，並讓我們用正面的態度面對並戰勝困難。

我想，甚麼才是人生中最大的財富並沒有一個固定的答案，也許是金錢、也許是知識、也許是快樂。但不管是甚麼，只要我們學會儲蓄，終究能積少成多使它成為我們人生中最大的財富。

評審點評

用故事敘述的形式演繹主題，文筆生動自然，也能予讀者以真實感。

儲蓄與財富

賴文謙

漢華中學

「儲蓄」二字，人們首個印象都是金錢……除此以外還，有一種東西可以「越儲越多」，還可以不斷升值，那就是知識。

其實儲蓄知識是增值自己的財富，為將來學以致用，不過儲蓄必須花時間和耐性去堅持，絕對不能半途而廢。儲蓄知識可以透過閱讀林林總總的書籍和實踐來吸收，它可以使人增廣見聞，擴闊視野。因此通過長期學習得到的知識就如有如黃金一樣珍貴，所以古語有云：「書中自有黃金屋」。

知識就是財富，而它總是無處不在，並且天天改變。你手中的智能手機，電腦……難道這些不是知識的結合嗎？今天我在求學階段除了應付考試和明白書本理論之外，更有一個深層意義，曾子說：「吾日三省吾身，教導我每天要從不同的方面檢查自己的不足，例如做事要有承擔，與朋友交往要有誠信，只要通過學習才會逐漸地反省和改善自身的不足，提升個人修養。這就是知識比財富更高層的意義。

同時知識更能夠造福人群，改善人類社會。不少科學家為人類作出巨大的貢獻，例如：發明電燈膽的愛迪生先生，發明飛機的萊特兄弟……我最敬佩的是發明手提電話，被世人尊稱「移動電話之父」馬丁庫帕，他發明手提電話的靈感來自電視劇，當他

看到劇中角色使用道具無線電話時，使他開始構思研發，不斷改良，在四十五歲時成功發明世界首個無線電話。他的發明方便人類通訊更改變了人類的習慣。

知識更可以幫助國家發展例如：錢學森先生便是一個活生生的好例子——他是中國首屈一指的空氣動力學家，也是中國火箭航天工業的奠基者。中國解放初時寒天科技十分落後，所有的航天設備必須向外國購買，無力研究。當時他從美國毅然回國，憑着他的知識與團隊一同努力研發首支火箭，更發展了以後的人造衛星，為中國的航天科技奠定了重要的基礎。今時今日，中國的航天科技已經十分先進，背後離不開像錢學森先生這樣傑出科學家的無私貢獻，才成就現今中國航天一日千里。

財富單只金錢就是太狹隘，知識的作用是無限！知識能改善個人品行、提升修養和讓人反省自身的不足；知識更可以改善人們的生活，讓生活變得多姿多彩；最重要知識可以幫助自己的國家發展，讓國家和人民安居樂業。

我認為知識是一種陪伴自己一生的無價之寶！

 評審點評 ————————————

環繞主題，旁徵博引，有理有據地逐一加以說明，分析也頗為中肯。

真正的財富

卓泳君

粉嶺禮賢會中學

「爸你聽我說⋯⋯」我以溫和的語氣嘗試說服父親。父親眉頭一皺，眉心中間出現了一個「川」字。「我不會容許你用儲蓄去做一些虛無的事！」父親向我怒吼，立刻回絕我的想法。

我清楚父親為何不能理解我，我從小儲蓄，希望日後能出國留學。但父親卻希望我用這筆錢去買房子。唉，父親您為何不明白我的想法呢？我追求的是精神方面的財富，我渴望能得到屬於自己的學問，這是無價的。也許父親正好不懂得我所想擁有的是甚麼樣的財富。

甚麼才是財富？每個人對財富的定義不一樣。老人家而言，豐富的閱歷就是財富；學者而言，數不盡的學問就是財富；父親而言，房產便是財富⋯⋯沒有人能為財富下準確的定義，但我相信財富必使人充實和感到滿足的快樂。金錢只能滿足物質生活，無法擁有精神上的富足，更何妨夢寐以求的「人生價值」。我沉思許久，我知道自己要追求的是甚麼。沉默，會令我一輩子都後悔自己的決定。我要對父親說出自己的想法，不能再晚了。

我糾結了很久，我很緊張，又很激動。「爸，我有事跟你說，我想用那筆儲蓄去留學。我想⋯⋯」我忐忑不安望向父親。「我不是跟你說過了嗎？不可以！」父親用不滿的語氣說道。

「爸你聽我說……我認為知識上的財富比金錢上的財富更有價值。有時候我們用盡一生去追求錢財，到最後也不知道追求甚麼。儲蓄到豐富的知識，可以在成功時讓我借鑒；相反失敗時，亦可以提醒我。錢財只是空中的閣樓，需要心靈的財富作支撐，讓我日後不會輕易陷入迷失……」那次是我跟父親說得最多話的一次。

父親凝視着我的雙眼，緩緩開口：「曾經我也想你這樣追求心靈上的財富，但為了家庭，我最終選擇了對生活妥協……」父親的眼神閃爍淚光，微微一笑，我知道那意味着甚麼。「孩子，你長大了，你比我想像中更成熟。看來我不用擔心你的將來了，是我杞人憂天。這是你的人生，就隨你吧。」我的淚從眼眶中掉下，潮濕地劃過我的臉頰，在乾燥的皮膚上留下一道曲折的線。

父親謝謝你為家庭的犧牲，謝謝你容許我追求那「虛無的財富」。請你把夢想交付給我吧！由今天起，我所儲蓄的不只是金錢，我還會存着你的寄望，戴上翅膀，盡情在蔚藍的天空翱翔，往人生真正的財富飛去。

💬 **評審點評** ————————————————

　　文章的構思有獨到之處，作者以自己與家人在生活中的實際事例，帶出主題，再層層深入加以論述，具有一定的說服力。

時間是我們人生中最重要的財富

鄭穎遙

聖保祿學校（中學部）

人生在世，有數之不盡的財富值得我們珍惜：學識、金錢、美貌、智慧、健康、親情、友情、愛情……但人生匆匆數十載，時間如同大公無私的裁判，每人每日只給予二十四小時，絕不偏私。因此我認為時間是人生中最重要的財富，我們要好好善用時間，才不致抱憾終生。

「莫等閒，白了少年頭，空悲切。」自我懂事以來，爸爸常常吟誦愛國詩人岳飛這幾句詩訓勉我：「時間雖然不可遮挽，但我們每人卻可成為時間的主人，只要我們能善用時間，珍惜光陰，對自己的人生作出周詳的規劃，它就會是我們的好幫手。」爸爸的話的確言之有物，古往今來，許多偉人、發明家都把時間用在有意義的事情上，「發明大王」愛迪生天天埋頭苦幹地鑽研科學，發明了電燈、留聲機……愛因斯坦天天廢寢忘餐地研究物理，創立了相對論……他們努力追尋夢想，難道不是珍惜時間的好主人嗎？假如昔日他們只管遊手好閒，那絕對是後人巨大的損失。

眾所周知，美國人比爾‧蓋茨沒有依靠父幹，白手起家，創造了微軟帝國這個神話，成為全球富豪之一，聲名大噪。他在訪談中分享了一個故事：一個商人約見他傾談合作計劃，卻遲了十分鐘赴約，商人懇求再給他一次傾談的機會，蓋美斬釘截鐵地跟商人說：「對你而言，你不重視的十分鐘，我已進行了兩個重要

的談判，而你卻失去了跟我合作的機會。」同時，他也透露了自己成功的心得：「我曾跟股神巴菲特進餐，我從他那裏學到最重要的一課，就是珍惜自己的時間，巴菲特從不將時間花在無意義的事上。」顯而易見，要成為成功人士，善用時間是不二法門。

既然如此，我們就應該善用時間，為自己的人生積累財富。

首先，莘莘學子在求學階段應該積極求取知識，令自己學業有成、明辯是非；發掘自我的興趣及潛能。古人韓愈曾說：「書山有路勤為徑，學海無涯苦作舟。」青少年應勤奮向學，知識是開啟成功之門的鑰匙。

其次，青少年不用為事業拼搏，因為父母是我們堅實的後盾，他讓我們穿暖吃飽，更為我們遮風擋雨，我們要趁無憂無慮的歲月，多爭取及享受與父母相處的時光。「親情濃於水」，我們要時刻惦記父母的恩情，俗語說：「百行孝為先」我們要及時盡孝，別在他們撒手人寰才後悔。

此外，我們要廣結朋友。「獨學而無友，則孤陋寡聞。」朋友是我們生命中不可或缺的戰友；沒有人是一孤島。

的確，知易行難，但別讓潘朵拉盒子打開——讓怠惰成為我們人生路上的絆腳石，耽誤了寶貴的時光。要知道知識、親情、友情都是要經歷時間儲蓄、孵化，才能成為我們人生中閃亮的財富。

評審點評 ————————————————————

　　引用長輩的教導，名人的事例進行論述和分析，有條不紊，也有理據，發揮得不錯。

原來愛是一種財富

郭心悅

聖公會林護紀念中學

　　人，與生俱來就擁有一定數量內的金幣，從出生起至長大成人，人都在催促他們，在使用他們，我也不例外。

　　那時候，我才兩歲。每天，母親為我做飯，給我講故事，帶我來往醫院。在炎炎中午的折騰下，母親左手提着袋子，右手抱着年幼的我，我伸出白肥的小手放在母親的額頭前，試圖為他遮擋刺眼的陽光，母親眉開眼笑，頓時開朗。晚上，母親疲累地躺在牀上，我揍近她，為她帶來溫暖。於是，我把第一枚愛的金幣投進了「家」的郵箱。

　　上學時，我能聽懂老師的課，所以我總會向困惑的同學解釋課堂的內容，當同學對着家課發呆，我會分享我的做法。一次考試前，一個要好的朋友正苦惱地溫習數學，因為她一向不合格，於是我與她討論讓她不解的題目。使我驚奇的是，那次考試，她出乎意料地奪得全班第三呢！就這樣，我把第二枚愛的金幣投入「友誼」的箱子裏。

　　住在我隔壁有一位年邁九十的老婆婆，她沒有子嗣，她唯一的親人──她的姪子在車禍中喪命。因此，我在假日時會探望她，陪伴她度過一個本來寂寞的下午。日子久了，她也就習慣了與我共處。這樣，我把第三枚愛的金幣存進「鄰居」的戶口。

去年，我患上一場嚴重的感冒。我臥病在牀，動彈不得。這個時候，母親比往常更悉心畢力，我發高燒時，她連夜不眠，坐在我的身旁；同學寄來一張張的問候卡，又把課堂筆記電郵給我，使我無比窩心；連隔壁的獨居婆婆也為我編織一條圍巾。在我受病魔萬般折磨時，能感受到這般的關懷，全因我以往傳下來的「金幣」。其實，我認為付出愛不是為了回報，而是為了良心，為了社會的美好；這樣是做人的基準，也是人人應有的道德。可是，沒想到不但成本會到手裏，而且利息還滾滾而來，真是我喜出望外！

我意識到愛是一種財富，這種財富必須由你吧一枚一枚金幣儲蓄起來創建。當你有需要時，帳戶的款項將連本帶利讓你盡情使用，我能斷言，它必定不會讓你失望的！

 評審點評

將成長的經歷，與不同情況之下的所見所感互相結合，扣緊主題再一一論政，於感性之中見理性。

儲蓄與財富

何嘉寶

旅港開平商會中學

我叫一心。

從小，父母總是叮囑我：收到壓歲錢，不要馬上花掉，要存下來，將來會有用。

「為甚麼？」我不解地問。

那時，父母只是拍拍我的頭，說：「把你的壓歲錢，零用錢存下來，然後多幫助別人，你會擁有很多很多的財富少了。」

「為甚麼幫助人也是財富？」

「你將來就會知道了……」

懵懵懂懂的我，只是聽父母的話，把零用錢和壓歲錢慢慢存起來。

異心，我哥們，人如其名，揮霍無度，不管是零花錢還是壓歲錢，總能花得一乾二淨。他還老是向我借錢，借少了，他說小氣；借多了，又不還，後來我也就不借了。

時間飛逝，我和他不知不覺的也長大了。異心他依然「揮霍着」他的金錢，我繼續存着我的「小金庫」。

那天，下班的路上，我隱隱約約的聽到了哭泣聲，我尋着聲源走去。只看到一個渾身髒兮兮的小男孩躲在垃圾桶旁哭，我柔聲地問：「小弟弟，怎麼了？為何不回家啊？」

　　沒想到，他「哇」的一聲大哭起來，而且越哭越兇，他哽咽着說：「嗚……我爸爸得了心臟病，醫生說手術費要十萬，我們家窮，哪有十萬呢……我爸爸會死的……」

　　我想幫他，他太可憐了！

　　怎麼辦？父母叫我存錢，是屬於我的財富；但是我很想幫他，怎麼辦？心中的兩個聲音都在不斷爭執着。

　　最後咬了咬牙，用錢換一條命，是值得的！於是我帶着小弟弟去醫院，幫他付了十萬手術費：「哥哥還有事要做，先走了，你好好陪着爸爸。」

　　後來，我跟異心講了這件事，他頓時大叫：「你可真是個大笨蛋！竟然把錢給一個素不相識的人！哎喲……哈哈笑死我了！」看他嘲諷我的樣子，我瞬間沒有繼續講下去的欲望了。也許時間會告訴我們答案。

　　二十年後，我因為投資被騙，公司破產盤上倒閉了。

　　勞累奔波了一天，我剛到家，卻被門鈴聲驚擾，開門一看，竟然是異心。門口的他，衣服破爛，神情憔悴，我連忙問：「怎麼了？」

「唉，別提吧！我現在也破產了，所以我來投靠你。」

「進來吧！你也知道我才找到工作，恐怕也幫不了你甚麼……」

正當異心向我訴苦的時候，門鈴又響了起來，我再一次打開了門，看見外面站着是一位氣度不凡的陌生人。

「你好，你是一心先生嗎？」

「你好，我是，你是……」

突然他跪下來，熱淚盈眶的說：「終於找到你了，我的恩人，我一直想報答你對我的恩情，聽說你公司倒閉了，我就馬上來找你，想報答你。你還記得我嗎？我就是當年在垃圾桶旁的那個小孩啊。」

我愣了一下，轉過頭看了看異心。

耳邊響起了父母那句話：「把你的壓歲錢、零用錢存下來，然後多幫幫別人，你就會擁有很多很多的財富。」

 評審點評 ────────────────

寓道理於虛構的故事，作者具有一定的創意和想像力。

黃允祈

聖保羅男女中學

親情戶口的儲蓄

他第一次光顧我的店舖。

遠看，他是一個典型的年輕富豪，筆直的西裝，金閃閃的腕錶，名牌皮鞋。但是當他走近櫃檯時，我看見他臉上眼睛深凹、皺紋連連，紅絲滿布眼睛，嘴唇乾涸得像沙漠。一臉憂愁，像是得了大病，或是被金錢吞噬了靈魂、只剩下皮囊。

他湊近，輕咳兩聲，問：「是『找換店』嗎？」

「是。」

他側頭沉思一下，再一字一字地吐出來：「我想『找換』孩子的親情。我願意支付三億元。」

「你跟孩子怎麼了？」

他看了看我，低聲說：「都是自找的，自他出生以後，我正一直埋首事業，賺了很多錢，卻沒有跟孩子一起開心地共聚天倫。孩子跟我愈來愈疏離，他現在患了重病……也許會不久於人世，我只想彌補對他的虧欠，和換回錯過了的時間。」

我輕嘆一聲，人總是有遺憾的，我這『找換店』正是為了而存在。不過，我苦笑：「先生，對不起。有些事情，包括親情，是

小店『找換』不到的。」

「甚麼？」他猛然一吼，大聲道：「小姐，是否要抬價？老實說出開價吧。」他那雙毫無神氣的眼睛訴說着他心裏的不解：「哪有事情是金錢解決不到？家財滿貫就心想事成。」

我搖頭。

他像是崩潰了，頹喪地跌倒椅子上。「家財滿貫，其實一無所有。」我默認。被擊倒的巨人，被攻陷的心靈。他默然，心有不甘。

「你自己看吧。」我一揚手，他便迷迷糊糊地倒在地上。待他醒來，他看見了五年前的自己。他坐在沙發上，心滿意足地看着手機螢幕顯示的儲蓄進帳──三億。

「爸爸，你答應了假期便跟我玩，這天是假期……可以嗎？」兒子湊近，跪在爸爸腳前。

「下去，大人很忙，改天吧！」他煩躁地回應。

「叮叮！」他望望手機，它正顯示戶口失去了三十萬元。

他大惑不解，「發生了甚麼事？投資失誤了？」

我淡淡地說：「儲蓄不一定是指我們看得見的財富戶口，也是指你跟身邊人，尤其是親人的『親情戶口』。它更珍貴，更要好好管理，但許多人都視而不見或忽略了。你愛他們一點，親情

戶口就多儲一點，還有可觀的利息；反而，你忽略或傷害他們，親情戶口就倒扣一點，虧蝕也可是幾何級數遞增。現在太多人只埋頭財富戶口的進帳，親情戶口倒在不停虧損。或者像你，以為總有一天、一次性大額儲蓄便可以了，但親情戶口的『投資機遇』是點點滴滴，聚沙成塔的，也不是你自己能『製造』出來的。像你現在，想在『親情戶口』儲蓄也為時已晚了。」

他微微一怳，黯然神傷。「還有餘額嗎？」

「負數了。」

他低下頭，金錶滑落地上。看着他的背影逐漸變小，我彷彿聽到他哭說：「我不要這些財富了……我寧可不要了……」

 評審點評

以寫故事的筆法，表達主題觀點，具有特別的創意。文筆流暢、生動，對讀者會有相當的吸引力。

人生的財富——友情的儲蓄罐

張嶢淇

澳門菜農子弟學校

達爾文曾說過：「談到名聲、榮譽、快樂、財富這些東西。如果同友情相比，它們都是塵土。」人生的財富，在成人眼裏莫過於萬能的金錢和光榮耀眼的成就。但在我看來，人生的財富是真正的友情。

金錢需要儲蓄，才能真正成為現實中的財富，而友情呢？同樣，友情也需要儲蓄才能成就真友誼。但金錢是有型的，看得見，摸得着。而友情呢？它無聲無味、無形無影，如何去儲蓄呢？其實，我以為儲蓄友情就像我們在銀行儲蓄金錢一樣，靠的是眼光和信心。記得從前交友，我滿以為只要真心待人就會收穫友情。所以，在友情儲蓄罐中，我往往會對朋友投下可以保本的真心，可沒想到保本的「真心」在不存取或投資時，是會貶值的。

「她真是個厚臉皮的人」，「誰知道她跟老師走那麼近幹嘛」，「她真喜歡伸張正義，扮超人」。沒錯，這都是我曾真心以待的朋友對我的嘲諷，忌憚和誤解正不斷透支我的友情儲蓄，當時特別敏感的我眼巴巴地看着滿滿的友情儲蓄罐急速「瘦身」，而無能為力，就在我以為儲蓄多年的友情資本快要虧蝕為零時，我遺忘了一筆投資卻讓我儲蓄翻倍。

她，一筆無心的投資，只因志趣相投曾交心在一起不過一

年，此後，我們分隔其他班級，少有單獨共眾，卻勝似知己。只因會當我有事時，她總是能第一個察覺到，且永遠義無反顧地為我站台。記得當時我被語言攻擊得無招架時，她不問緣由為我數落了一批愛咬舌根的同學，屏蔽了一堆愛點火的損友，也訓斥了一群漠視事實的好友，我詫異她雷厲風行的舉動，她卻只回我一句：「我們是朋友，別人可能會覺得你思想不恰當，但是我不會，放心做自己，你才會開心，我喜歡的是你，僅此是你。」這種真心的認同，頓時把我多日的陰霾吹散了，是啊，「千金易得，知己難求」知己就是一筆既保本又有紅利的雙贏投資。當然，這種雙贏的投資機會是可遇不可求的，比起那些只能保本，不能升值的廉價友情，我們更宜追求一些具有潛力的投資，儲蓄真正能成為財富的真友誼。

所以，友誼儲蓄就像銀行存款一樣，如果我們只是廣結朋友，不去深交，共同分享喜樂和憂愁，那麼這種友情只是一種無息存款，加上長時間欠缺互動，最終只能賠本離場。反之，如果我們能認清自己的需要，找到合適自己的朋友，共同努力、奮鬥、成長。這些穩健的投資項目自然對我們有許多幫助，但同時亦需要注意投資好對的項目，要有好的眼光去做出選擇，這樣才能令我們的人生財富增值。

💬 **評審點評** ————————

將名人名言，結合自身的生活經驗，有條理、有層次地進行討論分析。

一封寫給 30 年前的自己的信

張尚翹

漢基國際學校

親愛的小偉明

　　你現在十二歲，人生剛開始，還在父母的庇蔭下，過着無憂無慮的生活。我猜你讀這封信的時候，一定想不到有天你會絕望到流落街頭。我是三十年後的你，現在無業、無錢，父母也過世了，舉目無親，就像大海裏漂浮的殘渣，是生是死也沒有人在意，我犯了許多錯誤，我現在含着淚寫信給你，就是希望你長大後不會像我這樣，做一個沒有希望，沒有明天的人。

　　當我在你這個年紀的時候，每天只顧着買遊戲機和看電視劇，無心讀書，虛度青春，浪費了寶貴的光陰。我對金錢全沒有任何概念，不但沒有把父母給我的零用錢存起來，還經常埋怨他們吝嗇。我當時覺得錢是自自然然地來的，並不需要努力賺取，更遑論儲蓄了。當年的傲慢與無知，就釀成了今時今日的情況。

　　到了中六那年，父母看到我那麼討厭讀書，就讓我輟學找工作，還求朋友介紹，用心良苦幫我到一份工。可是，我的工作態度懶散，不久就被老板裁了，之後也沒有一份工作能做得長。我三十歲那年，父母去世。他們把畢生的積蓄留了給我，我當時沒有想過那筆不僅是他們一生努力的成果，是父母對我的關愛和愛護。我原本找一份工作，好好地養活自己，卻誤交損友染上了

毒癮，糊裏糊塗地把他們的儲蓄花光了。

後來，朋友都離我而去。我在走投無路，萬般無奈之下，用我最後最後的辦法——借錢。就這樣，我向財務公司借了十萬元。父母生前曾說過：「偉明，你一定要儲蓄，千萬不可以借高利貸！利息很高，是無底洞啊！」但當我拿着裝着十萬現金的袋子，一切的陰影彷彿消失了，所有問題都解決了。我卻慢慢地發現，那只是一個幻象，一個幌子。我根本還不起那筆錢，我被逼破產，付不了房租，甚至三餐也無法解決⋯⋯

我現在每天只能躺在街上，做出可憐兮兮的樣子乞錢，看着富有而幸福的人們一個一個此也走過。我不斷在心裏想：我原本也可以過着這樣的生活。若果我肯聽父母的話，小時候儲蓄知識，長大後儲蓄工資，那我就不會淪落至此！我真的後悔極了。

深夜了，我在熱得像烤爐的隧道裏終於明白了人生的道理。如果我當初有為將來打算，儲蓄知識、儲蓄金錢，我今天不會落得如此田地。而我更明白到生命中的財富除了金錢以外，更重要的是親情。如果父母在天上看到我現在的慘況，他們一定會很痛心。

偉明，你還年輕，還有機會做好。如果你能培養儲蓄的習實，好好積累知識，對金錢建立正確的概念，你還能趕得及做一個成功的人，擁有豐盛的人生。

祝改過自新

大偉明

評審點評 ————————————————————————

以特殊的形式和寫作方法表述，富於創意，也有一定的想像力。

儲蓄與財富

司徒晉睿

聖公會聖西門呂明才中學

巴菲特曾說：「不要在花錢後再儲蓄，要在儲蓄後再消費。」，這句話完美地詮釋了「儲蓄」的意思，然而卻有人認為「儲蓄」是多此一舉的行動，我們應該先花錢買自己所渴望的東西，這才是對的，因為「人生得意須盡歡，莫使金樽空對月。」（李白《將進酒》）「儲蓄」真的是這樣的意思嗎？

關於儲蓄的學說至今仍眾說紛紜，甚麼才是真正的儲蓄，世人仍在爭議中。早期一些經濟學家，將儲蓄稱之為「節制」或「等待」，意思是說人們抑制自己的消費欲望，將購買力留待以後或者取消追求滿足這種欲望，所以某些人認為儲蓄是為了滿足自己追求的東西，但我深信這種想法是不對的。凱恩斯曾說過：「它並不是用將來的需求來代替今天的消費需求，而是單純減少今天的需求。」，要將今天減少的需求在以後補回，消費者就有意識把儲蓄當作對將來消費的預備，所以我們在消費前應考慮我們所購買的東西是需要，還是想要的？

經濟學家指出要養成正確的儲蓄習慣，我們要牢記着「自律」這個詞語。「自律」是解決日常問題的首要工具。此外，我們要跟隨兩個儲蓄步驟，就是先寫出自己的目標，然後要要求自己定期定額儲蓄，這才是正確的儲蓄方法。我們還要自小養成儲蓄的習慣，才是成功的儲蓄之道。

其實，「儲蓄」與「財富」是不可分割的。我們要用甚麼方法才能得到人生最大的財富？

「財富」是一個廣義的詞語，比如：自然財富、物質財富、精神財富等。司馬遷在《太史公自序》中說：「布衣匹夫之人，不害於政，不妨百姓，取與以時而息財富。」，表現了他對財富的獨特見解。在常人眼中，財富只不過是物質的享受，這種想法太膚淺了！在眾多財富中，我相信自然財富是我們人生的瑰寶。

自然財富是發展社會生產力的重要條件，它包括森林、草地、土壤、空氣等多種自然資源，它是人類的社會文明發展的重要財富。社會可持續發展離不開豐富的生態資源及良好的生態環境，這比任何物質都更為重要，沒有良好的社會環境，又怎能推動社會的經濟進步？

另外，俗語說：「一日一蘋果，醫生遠離我」，我認為健康飲食的習慣，也是我們「致富」的秘訣。現在，新冠狀病毒全球肆虐，我知道病毒使人與人之間疏離、我知道病毒使人們失去了親人、我知道病毒使人們失去了人生最重要的財富——身體健康！故我們平日要多做運動、戴口罩上街及注意個人衛生，才能長期儲蓄人生最寶貴的財富——身體健康。

健康、儲蓄、財富是現今人們盛行的話題，但只有細心琢磨這些詞語的人，才能從中領悟「儲蓄與財富」的真諦。

評審點評 ————————————————————————

　　文章引用不同的名人、專家意見及事例來論說主題思想，分析有層次，也有條理。

生命的儲蓄與財富

胡甄原

澳門培正中學

　　每當我們談到生命的財富，常常聯想到金錢、物質與價值。可是我常常想，古代安貧樂道的詩人、隨遇而安的居士、當代勤勉工作的人們、默默無聞的平凡人，他們或許沒有太多通常意義的財富，可是，他們的生命不也同樣閃閃發光、獨一無二嗎？我們又該怎樣定義生命中的財富呢？又該如何去儲蓄生命中真正有價值的財富呢？

　　在我看來，金錢固然是財富的一種，但是，創造財富的精神更有價值。世界上擁有財富的偉人，不因他們擁有大量的財產而受人尊重，更重要的是，他們通過自己傑出的創造力改變了世界，並且願意將財富用作公益，為了全人類的美好未來。他們的財富不僅僅是金錢本身，更是一種傑出品質的展現；我們或許不會擁有偉大富豪那樣的財富，卻可以在心中儲蓄創造財富的拼搏、努力、靈感、堅持與責任。

　　在我看來，時間也是財富的一種，擁有時間就是擁有了不可替代的財富。少年時光如金子般燦爛，我們借由生命的天真、純潔與好奇，不斷成長和求知。我們儲蓄知識，點亮眼前和遠方的世界；我們運動鍛鍊，儲蓄健康又強健的體魄……時間帶給我們的財富，是知識、是快樂、是成長、是充滿燦爛陽光的未來。

在我看來，愛也是財富的一種，擁有愛的人，精神是富有的。父母對兒女無條件的愛是獨一無二的財富，這種財富我們無法儲蓄、不能換取、是屬於我們的無價之寶；朋友之間的愛是一種真誠的儲蓄，我們儲蓄我們對朋友的愛，就能收穫朋友對我們的愛；對自然的愛則更有價值，地球慷慨地贈給我們賴以生存的資源、美景、無窮無盡的財富，這美麗的星球值得我們真誠地愛與呵護。

看，就像世界因多樣的色彩而繽紛一般，財富也是多樣的：生命中每一件美好的事物、每一段美好的經歷、每一位真摯的親人與朋友都是我們不可多得的財富。相應地，就像金錢一樣，我們不能無條件地去享用這些珍貴的財富，我們只有通過自己的努力去儲蓄美好，才能收穫美好。我們熱愛與追求生命中的財富，就是熱愛與追求生命裏美好的一切。

💬 評審點評 ────────────────────

文字流暢，夾敘夾議，從多方面說明作者的觀點，具有一定的說服力。

在「儲蓄」中找到「財富」

盧思衡

聖傑靈女子中學

　　我撅着嘴地看着存摺內頁上的利是錢金額，抬頭向爸爸不滿地道：「只有那丁點蠅利，為甚麼你每年還堅持把我們的利是錢存進銀行，還不如把它直接給我們用來買東西來得划算。」爸爸絮絮不休說：「你可不要小看這筆錢，正所謂水滴雖微，漸盈大器，日子一長，它便會積少成多，成為一筆不菲的財富。」他隨手掏出一本名為《猶太理財專家不藏私致富祕訣》的書，遞給我並說道：「或許這本書能啟發你。」

　　從爸爸手中接過書之際，我心湧現出無數疑問：「儲蓄」何以怎能致富？正當我似懂非懂，甫看到書上的一句話：「克勤能創業，節儉可興家」。我仔細咀嚼這句話，頓悟儲蓄得從節儉開始。勤儉需要從生活中的點點滴滴做起。否則何來第一桶金？沒有第一桶金，怎能投資，怎能致富？要想擁有財富，不斷的累積，積存資源是恆古不變的道理。

　　書中提及猶太父母教兒理財有值得借鑒之處。他們給子女灌輸了正確的理財觀念，讓孩子們知道錢怎麼來的，也就更進一步地知道了儲蓄的重要性。不光要節儉，還要懂得付出。不光是為個人，也是為社會。勤和儉這兩方面密不可分，只勤不儉，毫無儲蓄，猶如穿盤漏水，終將所有；只儉不勤，如無活水，終致乾涸。

然而，財富豈只限金錢？我們沒有比爾蓋茨那樣腰纏萬貫，但我們有一個無價但獨一無二的儲蓄罐，我人生中的儲蓄罐，罐內裝着我的財富－知識。錢財是有限的，知識才是伴隨終身永恆的財富。人生多麼需要一個儲蓄罐呀！我們不光要把錢積累起來，更需要把知識積累起來。從小積累，時時積累，不停的積累。有了知識的積累，在人生的道路上，甚麼時候需要，就從知識儲蓄罐中取。讓知識不斷充進我們的人生儲蓄罐。我們初時可能覺得孜孜不倦地學習對我們的人生沒有甚麼裨益，但經長時間的浸淫，我們所吸取的學問一直累積，在無形中化為一個個金幣，不斷投進我們人生的儲蓄罐，讓我們在思想和精神境界上得到提升。我們在求學路上所獲取的知識將成為我們最寶貴的財富，提供成長的養分，豐富我們的人生。

「不積跬步，無以至千里。」儲蓄為幸福開闢源泉，奢侈是貧困的預兆。不管自己當前的經濟水平怎樣，養成節儉和定時儲蓄的良好習慣對一個人的一生是非常重要的。除了金錢的儲蓄外，我們也須儲蓄智慧，從點滴開始，讓智慧的溪流流進我們的腦海，讓一絲絲智慧的光在我們身上閃耀，用這些人生的財富打造出自己璀璨的人生。

💬 評審點評 ────────────

由淺入深，推己及人，細論主題，表達清晰，文章整體發揮得不錯。

積累挫折

李怡澄

粉嶺禮賢會中學

　　一說到積累，有些人會說積累金錢，還有些人會說積累知識，而我第一時間想到的就是積累挫折。我相信每個人都會遇到挫折，不會一直一帆風順。在我眼裏挫折和成功是分不開的，挫折會使人更加勇敢，更加堅強，更加相信自己。

　　例如凡爾納就是通過積累挫折成為了法國十九世紀著名的科幻小說家，他的第一部作品是《氣球上的星期五》，他投稿給十五家出版社，但是他失敗了，沒有一家出版社欣賞他的作品。於是他不停嘗試，一直積累挫折，令到他的第十六次投稿終於成功被出版社接受。在他成名之後，依然遇到不少挫折：有人知道他是鞋匠的兒子之後，開始攻擊他的作品，甚至有人罵他，但是他沒有放棄，反而積累別人攻擊他作品的挫折來提升自己，繼續創作，透過自己優秀的作品去證明自己。

　　而我也有這樣的經歷。我小時候十分喜歡藝術，我覺得在繪畫的世界裏沒有煩惱和壓力，只有快樂和自由，所以很陶醉在繪畫的世界。那時我沒有受過特別的訓練，自己一個人自學。只要有時間，我就會一個人在房間裏，拿着鉛筆畫肖像；拿着木顏色筆填顏色；拿着水彩筆畫風景畫，研究各種各樣的技巧。在我嘗試練習畫畫的過程中，也遇到不少的挫折。某一天我把收藏的顏料拿了出來，想嘗試一下調色，可是紅色、紫色、橙色……全都

混在了一起，變成了咖啡色，調色失敗了。當我拿起油畫筆塗上顏料時，我一層又一層地塗在畫板上，卻不知道要塗多少層，於是越塗越厚。到最後描線的時候，拿起畫筆沾顏料，先畫直線，再畫曲線，然後拐彎，但是我沒有描線的經驗，所以畫出來的線條很粗糙，將直線畫成了曲線，最後畫出來的線都不整齊，甚至畫歪了。

但是我沒有放棄，每一次的失敗都令我從中學到一些技巧，慢慢地積累越來越多經驗。之後我調色的時候都會先分類，避免混色的情況；每次一有時間就練塗色技巧，每次塗完之後手都累得痛了，最後終於學會了薄塗，甚至加一些水，做出反光的效果；從粗糙的線條變成很流暢的線條。這些都是從積累的挫折中學到的，才有最後的成功。

積累挫折，學會勇敢面對。就算跌倒，也要不停前進，成為更好的自己。不要害怕失敗，積累更多經驗，讓積累的經驗成為人生的財富。不面對遇到的困難，不積累失敗的經驗，不在失敗的地方學習成長，怎麼會成功呢？

💬 評審點評 ————————————

從不一般的角度切入，有條有理，有根有據，最後的結語，也包含了一些哲理性的意味。

不同追求，不同財富

林毓涵

賽馬會毅智書院

在我開始懂事的時候，我就常常思考着一個問題，金錢真的重要嗎？「錢」這個字一直都圍繞着我們，在這個貧富懸殊的社會，錢早就成為了不可少的東西。有人說人沒有錢，就彷彿在天空翱翔的鳥兒失去了翅膀。但也有人說錢不只限制於物質，它可以是一本書，會成為你人生最寶貴的財富，而我卻認為財富就是一場經歷，讓你感受人世間所有的辛酸苦辣。

人活一輩子總會有許多的經歷，各種各樣的經歷都是你獲得財富的證明。英國大文豪王爾德說過：「當我年輕時，我認為錢是世界上最重要的東西，當我老了，我發現依舊如此。」我認為這句話說的很有深意，在他年輕時認為的錢是萬能的，能買到他何東西。而當他老了，錢是在獲取財富上所經歷的一切，這些寶貴的經歷早已成為他偉大財富的一部份，甚至可以說是全部。也能就如果香港富豪所說：「你想過上普通的生活，就會遇到普通的挫折。你想過上最好的生活，就一定會遇上最強的傷害。」可往往這些經歷才是最刻苦銘心的，它伴隨着你度過了每個痛苦與快樂並存的夜晚，那帶領着你推開了那扇成功的大門。就算結果不如你所預期的美好，但也依舊值得，因為你會在那條道路上學會面對，改變，堅持，不放棄，等再回過頭來看，一切都是最好的安排。

人生的財富是甚麼？每個人來到這個世上，上天都是公平

的，他不會給任何一個人偏愛。有人說那些出生豪門的子女，他們的起點就是別人的終點，我並不認同這只是正確的。在快樂的時候一定底會有痛苦伴隨着你，每個人都有煩惱，大同小異，主要還是看你自己是否有跨過它的勇氣和決心。與此同時真正的財富也來源於用心去過好每一天。

真正擁有人生財富的人說出來的話都是有價值的。他給予你的是有養分的東西，從心靈深處給予的。給出的是一種生命的力量，是看待世界，所有一切的價值觀的力量，讓你可以去與黑暗抗衡的力量。這世界有太多的誘惑，我們不能被金錢所蒙蔽，被慾望牽着走。只要你心中渴望美好，心底善良，不盲目的你追求利益，你出身如何、長相如何、年齡大小，都是浮雲。沒有誰的生活是完美的，但無行論甚麼時候都要看着前方，滿懷希望就會所向披靡。

斜坡上的雜花野草，誰說不是一草一千秋，一花一世界呢？對於財富，每個人的看法都有不同，我們沒有資格去評論它們，因為我們所追求的不同，你必須讓內心變越來越恆定，你必須建立自己的標準，這一切的一切都在於認識新的自我，讓自己脫變，活出自己喜歡的模樣，去尋找自己所嚮往的人生財富。

 評審點評 ————————————————

從自己的思考引入主題，又引用名人名言論證說明，表達清晰明確。

友情有「情」

劉千悦

澳門培正中學

美國富商梅維爾曾說：「我父親告訴過我，朋友比世上所有金錢都珍貴，朋友比世界上所有的財富都恆久。這話一點都不錯。」

梅維爾的父親一生辛苦打拼，積累了成千上萬的財富。有一天，罹患重病的他把十個兒子叫到牀前，向他們講解了他的遺產分配方案。他說：「我一生所賺的財產有一千萬，你們每人可得一百萬，但有一個人必須獨自拿出十萬為我舉辦喪禮，還要拿出四十萬捐給福利院。作為回報，我將介紹我生意上要好的朋友給他。」他最小的兒子選擇了這一個方案，於是富翁把他最好的十個朋友一一介紹給了他最小的兒子。富翁死後，兒子們拿着各自的遺產獨立生活，沒過幾年，他們的錢就差不多花光了。這時，最小的兒子忽然想起父親給他介紹的十個朋友，於是決定請他們過來相聚一次。朋友們來了以後說：「你是唯一一個記得我們的，就讓我們幫你一把吧！」於是朋友每人給了他一頭懷有牛寶寶的母牛和一千美元，還在生意上給了他很多指點。依靠朋友的相助，小兒子開始涉足商界。那位比他父親還富有的富豪，就是梅維爾，而且他一直與那十個朋友保持密切聯繫。

梅維爾透過儲蓄朋友這種財富，尋得他們的幫助，這種財富是超越金錢的，永恆的財富。當我們有能力時，多多廣結善緣，

幫助別人；在我們窮困潦倒，失敗不振時，作為回報，朋友會盡心盡力拉你一把，就像你對他伸出援手時一樣。我們在施捨別人時，只覺得是舉手之勞，微不足道；但在接受你幫助的人眼裏，這或許就是救命的纜繩，是重要且深刻的，他們會將你的援助如熱鐵烙膚般鏤刻在心中，而有朋友，人生就有希望。

沒有朋友的人總是形單影隻的。常常感到孤獨寂寞，當你受傷時，找不到傾訴的窗口，找不到治癒傷口的藥，聽不到祝你生日快樂的歌聲，尋不着惦記着你的人……沒朋友的感覺，就是一個人在這個世界上甚麼都給你，你還是感到空虛。沒朋友的人，有些是心理有創傷，不敢給友情一個承諾；有些是不善交際不懂措辭，不敢說話；有些是身上帶着尖刺，那是他們不願摘下的面具。他們，只是缺乏我們溫暖的擁抱。

我想，不論是過去、現在或未來，朋友都不會貶值，儲蓄朋友這種財富，是受益一生的，他們會遞給你最真誠的雙手。又如托爾斯泰所說：「財富不是永久的朋友，但朋友是永久的財富。」

 評審點評

用一個名人的事例，闡述作者自己的觀點，不乏打動人心之處。

儲蓄・人生

梁曉迪

澳門培正中學

　　我時常想，何為人生？是不斷追求某種意義上的「成功」？還是坐擁流芳百世的名譽？如今驀然回首，發覺真正能留下芳名的人，寥寥無幾。

　　或許，生命的意義並不在於取得「成功」的那一瞬間，而是在追尋成功的那段過程—儲蓄。

　　世間萬物亦因「儲蓄」而來。蒼勁大樹不懼風雲的莫測，是因為它們專注於儲蓄力量，深深地紮根於這片土地。冬眠的生靈如此堅毅地熬過寒冬，離不開它們秋收專注地儲蓄食物，才得以溫飽。孕育生命的海洋，若不經溪流河川匯聚的過程，怎會成就一番浩瀚無際的景象⋯⋯

　　人亦如此。就如屈原所云：「路漫漫其修遠兮，吾將上下而求索」。人生的儲蓄，就如一個不斷積極求知的過程。林海音曾在《竊讀記》中寫到：「記得，你是吃飯長大的，也是讀書長大的！」儲蓄的歷程，正如海音所說的「長大」，不僅需要「填飽肚子」的糧食，更是要積累精神上的知識。

　　從小就把文學看做是一門高尚事業的著名作家「果戈里」，他走向成功的道路也不容易。曾經的他屢次試筆，但均未成功。慶幸的是，他有一個好習慣，身邊常備一個本子。以便隨時記下

一切在社會上觀察，體驗到的事情。除了眼見的各種景物外，還有耳聞各皇有意義的話語。總之，一切他所能感受到的事物都一點一滴的「儲存」在這個本子裏—這些記錄為果戈里積累了大量有用的素材。這就是他所蓄畢生的財富，並通過他的作品永留於世。

世上所有璀璨的光輝都離不開長年累月的積累。人生路漫漫，珍惜並專注於每一次的儲蓄。莫在白了少年頭時，才發自己錯過了一門必修課—儲蓄。

 評審點評

文字簡潔，觀點鮮明，並能適切地引用名人的言行加以佐證，增強文章說服力。

最寶貴的財富—時間

吳宜臻

澳門培正中學

　　魯迅曾經說過：「最聰明的人是最不願意浪費時間的人，時間對於我來說是很寶貴的，用經濟學的眼光看一種財富。」而對我而言，這句話無疑是十分正確的。

　　不知道你是否會告訴自己只刷半小時的手機，卻刷着刷着就過了三小時呢？我可以坦誠地告訴你，我曾經會。曾經的我，可以抱着手機從下午放學回到家後，一直刷到八點吃晚飯，然後在吃完晚飯後再開始溫習功課，結果時間不夠導致熬夜，接着又會抱怨自己不好好爭取時間做該做的事，這樣的生活習慣一直持續了兩件多，後來我意識到這個惡性循環持續下去無疑是一個非常不明智之舉。而在無數次的堅持後，我成功了。

　　雖然在改正的路上很難亦需要很強的自律性與堅持，但是當我成功地制止了這個惡性循環後，隨之而來的除了是滿滿的成就感，收穫更多的是時間。制止了惡性循環後，我真切地感覺到了時間的可貴，緊接着，我發現一個小時原來真的可以完成很多事，可以收拾房間、完成功課、彈琴甚至運動……而多出的時間則可以溫習或看一本有意義的書，而不是邊翹着二郎腿邊刷着手機，做着八十歲也可以做的事。

　　而我深信，時間是人類最大的財富，時間管理做得好的人無

疑是富裕的，相反，沒有時間管理導致沒有時間的人就必定是貧窮的。因為若沒有時間，即便你的計劃再好、目標再高、能力再強也是一場空，因為你根本沒有時間去完成。所以，時間是我們最寶貴私財富，而他則偏偏可以一瞬即逝，但也能夠在你的計劃之下發揮致最大的效能。

然而，時間於每個人來說都是公平的，每個人每天擁有二十四小時，它不會少給某個人，亦不會多給你半分半秒。而各人有各人的利用方法，而利用方法剛決定了你一天的收獲。若你打一天的遊戲，你會獲得的是越來越差的視力；刷一天的題，你會獲得的是知識和學習的竅門……

高爾基亦曾經說過：「世界上最快而又最慢、最長而又最短、最平凡而又最珍貴、最容易被人忽視又最容易令人後悔的，就是時間。」所以，對我個人而言，節約時間比節約金錢來得更重要，因為時間可以換來金錢，金錢卻不可以換來時間。與此同時，時間是不可再生的資源，過去了就是過去了。而正因為時間不可以從頭再來，所以我們更要珍惜，更要充分利用好每一分每一秒，成為時間的主宰者。

珍惜當下，不留遺憾。

 評審點評

作者以自身的經歷，切入文章的正題，並且能引申其他的例子，發表議論，清晰明確。

「小石子」致富之路

澳門培正中學

還記得小時候，每次春節時收到的紅包，爸爸媽媽都會幫我儲蓄起來。但有一年，春節時收到特別多紅包，剛好足夠用來購買一個我心儀已久的玩具。於是，我高興的跟爸爸說：「我想將所有的紅包用來購買玩具。」

爸爸聽到後，耐心的向我解說儲蓄的重要性，並說了聚沙成塔的故事，還記得爸爸說：「《妙法蓮華經》中記載，佛祖釋迦牟尼告誡弟子要成佛道，其實不一定要做大功德，累積小小善事也能成道，例如佛滅道後，要建塔供養其舍利子，但塔可以有很多種形式，可以用昂貴的金銀玻璃、瑪瑙琉璃、也可以用石頭香木、磚瓦泥土、甚至小孩子遊戲，堆積泥沙成佛塔，也可以成就功德。」

透過這個故事，令我明白到，即便少至一分一毫，只要堅持，便能「聚沙成塔，滴水穿石」，逐漸積累豐厚的財富。故此，在爸爸的教導下，我從小時候開始便養成了儲蓄的習慣。同時在儲蓄的過程中。令我意識到儲蓄有以下的好處和重要性：首先沒有人可以只靠收入致富，一定得籍由儲蓄致富；第二，儲蓄可以幫助你更有條理的規劃人生，相當於付錢給未來的自己，讓你有機會圓更多的夢想；第三，儲蓄加上時間複利，會讓年長後的自己，感謝年輕時的自己；更重要的，養成儲蓄習慣，也等於訓練

自律能力。

　　總括而言，儲蓄除了能累積財富外，由於需要紀律，也等於間接在訓練個人的自律能力。需知道，成功的人之所以成功，自律佔了很大的因素。故此，我認為如果想要成為一個成功的人，不妨就從養成良好的儲蓄這件小事開始吧。正所謂「重里之行，始於足下，不如就從現在開始養成良好的儲蓄習慣，共勉之！

 評審點評

　　文筆樸實、自然，能以切身的體驗為例說明問題，合情合理，恰如其分。

儲蓄友情

梁正朗

澳門培正中學

　　有人，儲蓄金錢，日積月累後硬幣灑落的聲音能使他們快樂；有人，儲蓄善良，長年累月的善良發出的光芒能使他們溫暖；有人，儲蓄學識，他們認為學無止境的心態是他們的希望。

　　的確，每個人每天都在儲蓄人生中不同的財富。而我認為，在人生的銀行裏最需要儲蓄的財富莫過於是友情。友情不是一條河流，能無時無刻都奔流不息提供河水為你解渴；友情不是一輪紅日，百年不變地提供溫暖的陽光；友情更不是漫畫中的百寶袋，連綿不斷應有盡有地提供寶物。反之，友情是一朵小花，只有不斷地施肥、灌溉、悉心栽培才能在有需要時讓你摘下。

　　這是我第一次儲蓄友情，而這個故事讓我至今難忘：在小學時，有一個跟我不是很熟絡的同學。在一次測驗前夕，月色快己上頭，而他放學後至今仍久久未離去。看着他一滴滴淚水落在書本上，此刻他定是很徬徨無助。我以愛心儲蓄友情，數年之後，我們成為了形影不離的好朋友。在我情緒最低落時，是他的鼓勵和安慰，才幫助了我渡過那段艱難時間。當時我輔助他溫習這簡直不足掛齒，也許他的一句話也是舉手之勞。正是這些看似微不足道的舉動，卻最有效儲蓄友情。

　　有些時候，我們總怕吃虧，認為儲蓄友情就是要委屈自己取

悅別人。其實不然：當朋友泣不成聲時，遞一張紙巾就是儲蓄友情；當朋友沒帶錢吃午飯，請他吃一頓飯就是儲蓄友情；當朋友受傷倒地，扶他一把就是儲蓄友情。儲蓄友情並不需要做出甚麼驚天地泣鬼神的豐功偉績，只要多留意身邊的人和事，多付出一點愛心，這就是最簡單的儲蓄友情。

如果你沒有儲蓄，打破儲蓄罐時依然會空空如怡。但你持之以恆地儲蓄友情，有需要時就能真正使用。也許你還未明白這個道理，但當你的友情儲蓄罐溢滿時，你便會知道儲蓄友情的重要之處。

把友情當作一樣財富，更要把儲蓄友情當成一種習慣。「在家靠父母，出外靠朋友。」你今天，儲蓄友情了嗎？

 評審點評

　　用自身的經歷帶出主題，文筆細膩，也有充滿感情的細節描寫，令讀者易於理解和接受。

未來

陳翠瑩

澳門培正中學

　　為甚麼要學習？學習有甚麼用？我以後要做甚麼？這些奇怪的問題應該都會時常困擾着我們。父母總會對我們說，好好學習，以後出人頭地，就可以過上好的生活，還會舉一些成功人士的例子，小的時候我不是很明白到底是甚麼意思，只會按照父母的要求和期望去做，直到有一次，我才真正對這些問題有了自己的答案。

　　「大家的成績已經落實了，你們可以看看你們手中的成績單。」老師說完，我低頭看了看手中的成績單，好像和我開了個玩笑，前後翻了幾次，確定沒有拿錯，頓時愣住了，外面的大晴天好像瞬間暗了下來，心情久久不能平復。晚上面對父母的責問質疑，只能默不作聲，是我讓他們失望了，晚飯過後看着滿桌的試題，不知從何下手。筆的影子印在卷子上，昏黃的燈光在指尖飛舞。聽着客廳傳來電視中人們的笑聲，不經想，為甚麼其他小朋友的生活可以這麼開心，而我卻要學的這麼辛苦？為甚麼其他小朋友可以玩遊戲看電視，而我卻只有做不完的作業上不完的課？為甚麼其他小朋友可以經常同他們的父母外出游玩，而我卻不能經常見到他們？我以後能做甚麼？太多的問題壓得我喘不過氣來，一夜無眠。

　　第二天是周末，我早早地起了牀，準備即將到來的一場考

試。走出陽台，新鮮空氣瞬間將我包裹住，煩悶的心情瞬間清散不少。花盆上一個奇怪的東西吸引住了我的目光。這是一個蛹，蛹裏面正有一只蝴蝶試圖從裏鑽出來，來到這個世界，想到老師曾在生物課上教到，蝴蝶有四個生命階段：受精卵、幼蟲、蛹、成蟲。看起來外表美麗的蝴蝶，沒想到小的時候也是一只小蟲子，經歷了蛹這個階段，破繭而出，變成另外一個完全不一樣的模樣。人們往往只會感嘆蝴蝶的美麗，可是誰又能想到蝴蝶在一個小小的蛹裏，經歷了甚麼才達到了這種飛躍式的改變。這不就是當代學生的縮影嗎。寒窗苦讀十年，只為金榜提名時。就比如當一個成功人士站在面前，人們往往只會注意到他的光彩，卻不會想到他得到今日的成功而做了多少的準備。

為甚麼要學習？學習有甚麼用？我以要要做甚麼？我想我已經得到了答案，人的一生分為三個階段，當還是小孩子的時候，要開開心心地玩耍，開始學習時要開始儲蓄財富，進入準社會後就要開始使用之前所攢下來的財富。作為一個中學生，我需要着手儲蓄屬於自己的財富這需要一點一滴從生活中獲得，學習所得的知識正是重要財富之一。

今日的努力是在為未來鋪路，我們正在儲蓄，儲蓄知識，只有足夠的財富；才足以支持以後工作時從事自己喜歡的，過想過的生活。

評審點評 ─────────────────────

　　結合個人的成長和認識，一步步深入剖析，並且集中描寫一個細節的改變，具有特別的觀察視角。

儲蓄與財富

黃馨倩

澳門培正中學

從小的時候，媽媽曾經送我一個漂亮的儲錢罐，我總會把買文具剩下的硬幣投入其中，還在小學的時候，我已經儲存了大半罐子硬幣，我很高興，覺得自己是擁有很多財富的人了。然而，隨着漸漸長大，我知道，人生的財富絕不僅僅是一個儲錢罐裏的錢，真正的財富也包括感情、學識、健康、等等，每一樣財富都需要我們用心「儲蓄」。

親情是我們最重要的財富之一。當我們呱呱落地，就開始有了親情的存單，享受着父母和家人給予我們無私的愛護，在日後日復一日、年復一年的時間裏，親情越來越濃厚，無論我們走到哪裏，無論我們是誰，總會知道，親情的溫暖和付款後就是一份沒有限額的財富。

但我們開始走出家門，也開始學習儲蓄友情。朋友就在我們的光、我們的影子，我們在相互的交往中，存入自己的真誠和善良，也會收穫越來越多的友誼。真正的友誼，可以一起享受陽光，也可以一起經歷風雨，可以盡情分享，也可以商戶分擔，只要彼此都珍惜友情的儲蓄值，這也是我們受用終身的財富。

人生的財富必須還有學識。我從小聽長輩說要好好學習，就是在不斷儲蓄知識。一個人的成長，就是儲蓄學識和文化的過

程。知識日新月異，我們應該從小開始，把每一天都當做自己儲蓄學識的機會、認真耕耘、聚沙成塔，不斷充實自己的頭腦和內心，將來一定會學有所成，貢獻社會的。

當然，也有很多人認為「健康」才是真正的財富。現代學者梁實秋先生曾經說過：「健康的身體是做人做事的本錢。」擁有健康的身體，才會有精彩的人生，所以我們要愛護自己的身體，遠離不良習慣、注意身心健康、不斷儲蓄身體的本錢，唯有這樣，才能擔起成在其他人生財富的大樑。

人生的財富其實很多，除了感情、學識、健康，還有責任、愛心、幸福等等，無論是那種財富，都需要我們一點一點地、努力地去儲蓄。「合抱之木，生於毫木，九層之台，起於疊土」，只有堅持不斷儲蓄，才能擁有自己所期望擁有的人生財富。

💬 評審點評 ———————————————————

以生活中的具體事例，論述文章的主題，由淺入深，層層推進，寫得不錯。

高中組

職業與挑戰

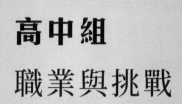

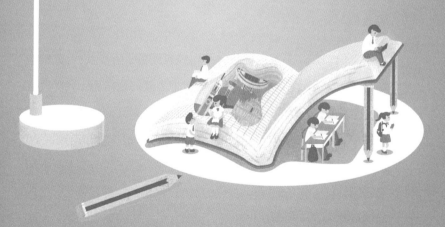

從職場的挑戰中贏得人生的財富

陳鋐鎮

鄧鏡波學校

不經一番寒徹骨，怎得梅花撲鼻香。

也許有人會問，挑戰和財富如何相提並論呢？其實他們有着隱約的因果關係，古人曰：「天降大任於斯人也，必先苦其心志，勞其筋骨，餓其體膚。」在殘酷的職場上，挑戰無處不在，職場上從來就沒有前途順風順水，總會遇到一番寒徹骨般的挑戰，只有征服挑戰，我們才能在職上得梅花撲鼻香，這就是人生的財富。

不要以為在職場上遇到挑戰，受挫是普通人才會經歷的事！其實很多成功人士也經歷過寒徹骨，關鍵在於不向失敗低頭，迎難而上！

曾經一位企業家，更是當今科技巨頭的「創造者」，雖然他最後成功了，但並不是一帆風順的，他經歷的坎坷，比我們只會多，不會少，他就是史蒂夫‧喬布斯。1985 年，喬布斯因與管理層的分歧被迫離開自己親手創辦的蘋果，那年喬布斯剛滿 30 歲，面對這種職場上的挑戰、反叛，幾乎放在任何一個人身上都是毀滅性的。但，他沒有從此放棄他的「心血」，從起爐灶，創辦新的軟件公司，重新振作起來，到軟件公司被蘋果收購後，他又回到蘋果，成為蘋果復興的關鍵人物。再次登上巔峰的他在人生路上、職場上總缺不了遇上挑戰，但是人生財富的擁有，關鍵在

於你肯去忽略挑戰的難度，嘗試迎難而上，無論結果如何，曾經的失敗也會是爬上巔峰的關鍵一步。

其實，在我們身邊也有一個經歷無數挑戰最後成功的事例，那就是阿里巴巴的行政總裁——馬雲。在網際網路創業初期，馬雲並不懂技術，他所能做的就是不斷地說服別人，但此時由於國內網際網路行業相對比較落後，沒有一個人相信他，都認為他是個騙子，是個瘋子。這種無人信任令馬雲堅持到 1995 年，上海終於開通了網際網路，馬雲的「中國黃頁」產品令他「起死回生」，經過十多件的挫折、挑戰、磨練，馬雲的阿里巴巴商業帝國終於穩定並在市場上佔據了主導地位，終於得到了眾人的肯定，也獲得了巨大的刃就與人生財富。如果沒有一番寒徹骨，怎得最後的梅花撲鼻香，成為中國首富呢？

在我看到的成功實例中，主角們都無不是經過挑戰和磨練才在職場上成就大業的，其實挑戰並不可怕，可怕的是遇到挑戰之後不能夠頑蛋的面對它、克服它，面對挑戰，我們要勇於接受它。要知道獲得最後的成功與財富，都是經歷過風雨，經歷過挑戰的！

💬 評審點評 ———————————————

文章引用名言名句入題吸引，層次分明，內容重點突出，引用喬布斯與馬雲兩位創業家為例，帶出經歷挑戰終獲成功的主題。同學的構思清晰，文筆有個人風格。

職業與挑戰——
學會堅持，擁抱挑戰，便是人生的財富　梁卓行

鄧鏡波學校

「自強不息，厚德載物」喻人要懷着堅毅不屈，永不言敗的志氣。在人生追求理想時，必會遇上那些跌磕蹭蹬，但只要堅持並敢於挑戰，才是成功的關鍵，夢想的開始。因此，只要堅守着「堅持」的信念，過關斬將，乘風破浪，儘管那難若登天的難題都迎刃而解，達致成功。

首先，「堅持」是人生重要的財富。人生中總有那千難萬難，就如胡適所說：「有時試到千百回，始知前功盡拋棄，即使如此已無愧，即使失敗便足記」叫人要懷着堅持且不斷嘗試，反覆失敗也好，都不認命噤聲。就如大家都熟悉的愛迪生，他在研究新發明時，豈不是歷盡千百回失敗？愛迪生為了發明鎢絲燈泡，不眠不休，夙夜匪懈，做了一千多次的實驗，在基礎上加以改良，最後才創造出第一個鎢絲燈泡。在整個研究過程，不是所有難題都能一一解決，亦不是無往不利，愛迪生一樣面對各種研究中的失敗，但他知道成功並非一蹴而就，因此便懷着一份堅持的志氣，矢志不渝。人們投身社會工作後，發覺處處都是困難，頹唐不振，又會否達致成功呢？昔日帶愚公移山，倘若他在行山的過程中放棄，又豈會感動了神靈協助他，最後成功地將山挪走。這份堅持的精神，是引領人走上成功之路，只要抱持着永不言敗的志氣，那些人生中的千艱萬苦，都能一一解決。因此「堅持」是

人生重要的財富。

　　其次，「挑戰」是讓人成長的。《孟子》說：「天將降大任於斯人也，必先若其心志，勞其筋骨，餓其體膚，空乏其身」。「成功」往往不是垂手可得的，達致目標前，必會經歷寒徹骨，但最後便會從中領悟智慧，有所參透。這是因為人們在面對挑戰時總會尋獲辦法，抱持着那份壯志，面對挑戰。馮異，軍事家，在公元二十五年秋天，劉秀與赤眉軍發生激戰，多次狙擊赤眉軍，並與赤眉軍對相持六十多天，但多次被對方打敗，即使如此，但馮異不放棄，在河南包圍赤眉軍，最後赤眉軍投降，扭轉局勢。馮異即使歷盡多次失敗，被對方打得落花流水，但沒因此而放棄，反而不斷部署，最後柳暗花明，這就是大家熟悉的道理——「失之東隅，收之桑榆」。法國作戰曾說：「天上給人困難，也給人一份智慧」，人生之長，總遇上那讓人卻步的挑戰，但面對挑吚才是最重的學習一課。儘管前途坎坷難行，都甘之如飴，遇強愈強。因此，「挑戰」是使人成長的。

　　「功崇惟志，業廣惟勤」喻人努力不懈地完成偉大的志向。願大家都把「堅持」成為自己人生的重要財富，帶着它，乘風破浪，面對挑戰。

💬 評審點評 ────────────────

　　文章談人生的財富，同學將挑戰視為人生的財富，並能通過總分總的寫作方法，緊扣主題，層次分明地展開闡述探討。用例豐富，且深刻有力度，可見同學在寫作前準備充足。

職業與人生

陳紫彤

馬錦明慈善基金馬陳端喜紀念中學

　　俗諺云：「男怕入錯行，女怕嫁錯郎。」可見選擇職業與尋覓配偶同為人生大事，不得不慎。有人以為「薪高糧準」就是理想職業；有人卻以為「挑戰自我」，才能令沉悶的職場生涯變得精彩。人們常常認為金錢、名譽、權利是人生的一筆財富。其實不然，人真正的財富並不是物質，而是快樂。我們活在世界上，就會有許多令我們感到快樂的事情，也許每一個人認為快樂的定義不同，對於小孩子來說，他覺得只要能吃到糖果就是最快樂的事了，但是長大之後他的需求就會越來越大，這是因為他的想法改變了。現時的香港競爭激烈，一不留神就會被淘汰。而年輕人對自己的未來茫然得很，不知從何時起，年輕人就與「前途」這個詞緊密聯繫在一起，就像學習不是因為興趣而是為了前途。於是，肩膀上壓下來的宿命讓人無法喘息，無情的將青春摧毀。年輕人在踏入社會的那一刻開始，選擇職業的難題已經困擾着他們。如果可以選擇職業，你會嚮往收入高還是令自己快樂的職業？

　　有一種年輕人追求高收入的工作，認為物質豐裕的生活同等於最美好，是使人艷羨的生活，擁有大量的金錢可以滿足自己的慾望，可以隨心所欲做自己喜歡的事，例如環遊世界，瘋狂買名牌手袋等。而法國思想家、文學家羅曼·羅蘭說過：「人不能光

靠感情生活，人還得靠錢生活。」最美好的生活的定義因人而異，我相信無人會否認最美好的生活就是活得開心快樂吧，這種年輕人將豐裕的物質生活與最美好的生活畫上等號，因此追求高收入的職業。

　　而有一種年輕人嚮往追求夢想的職業，認為實現夢想才是最有意義的。他們希望追求自己的夢想和抱負，不想為別人而活，不想像從做餅乾的烤模上扣下來的那樣，成為模板的形狀。他們認為精神生活比物質生活重要。陶鑄說過：「一個人只有物質生活沒有精神生活是不行的，而有充實的革命精神生活，就算物質生活差些，就算困難大些，也能忍受和克服。」這種年輕人希望選擇關於夢想的職業，快樂地工作。

　　每個年輕人都對職業有不同的抱負，無論是追求精神生活還是物質生活。最主要的，在於其具體實踐並取得成效，更要持之以恆，成功，要靠自己去打拼！

💬 **評審點評** ——————————————————

　　同學能從多方面探討題意，頗見思考，都合情理，惟欠中心焦點，稍嫌泛泛。同學或可列舉事例一二，令文章呈現主線；亦可考慮多用不同手法，避免直述到底。

人生的財富

許思婷

裘錦秋中學（屯門）

　　生命是漫長的，人的一生會積累很多東西，可能是人的自身，它包括健康、外貌、氣質、品質、智慧等；也可能是人的身外之物，例如財產、精神上的佔有物；又或者是顯示出的形象，比如地位、名譽，這些都是決定命運的東西。

　　有句希臘諺語說道「從智慧的土壤中生出三片綠芽，好的思想、好的語言、好的行動。」一個人從一張白紙變成有學識淵博的書是要經過很多事情的，而我認為最重要的一點是智慧，即使是天才，也需要一步步積累知識，不然就會是下一個「方仲永」。

　　智慧，可以讓人走向成功。著名的科學家史蒂芬·霍金就是一個例子，他雖然全身癱瘓，只有手指能動，但他卻有智慧的大腦，克服困難、探索宇宙中的奧秘。說明，智慧也能改變一個人的命運。

　　相反，如果沒有智慧，就沒有如今的好生活，也沒有現在的文明社會，甚至，我們的世界也會變得迷茫。

　　智慧，不一定是要讀很多書或者是很高的學位。智慧還包括人的見識、情商、行動，俗話說「讀萬卷書不如行萬里路」，如果一個人只知道埋頭苦讀，沉浸在書海裏，卻不願踏出家門，去欣賞外面別樣的世界，這個人只能是「書呆子」，因為他沒有與人溝

通的能力，沒有接受挫折的勇氣，在他做出改變之前只能是「井底之蛙」。

一個真正有智慧的人，他會在相處方面、行為方面、言語方面都讓人感覺很舒服，他會為人着想，換位思考，反省并改善自己的缺點，用智慧去解決問題，而不是我行我素。當然，這種人是少之又少。

智慧，是我人生中不可或缺的財產，擁有智慧，我的人生會更豐富多彩，更加充滿樂趣。在前往成功的道路上，要用智慧去判斷正確的人生，并克服重重困難。只有不斷的運用智慧掌握更多知識，才能逐漸靠近成功的大門，綻放人生的光彩，體現生命的價值。

💬 **評審點評** ────────────────────

同學文筆不俗，字裏行間有哲學氣韻，透過挑戰說明智慧是人生的財富。但文章段落較鬆散，建議集中於事例扣題多說明。

職業與挑戰

陳健樽
新會商務陳白沙紀念中學

職業，忠乎「職」，精於「業」；挑戰，勇乎「挑」，迎於「戰」。若要論職業與挑戰的關係，在我看來，二者像魚和水一般，魚有了水才可發揚自身，水有了魚才變得豐富多彩。

職業，顧名思義有了「職」，也有「業」，職業可譯為職分應做之事，在《諫太宗十思疏》中對「職」一詞的描述為：「何必勞神苦思，代百司之職役哉」，故為職責的意思。職責的出現，是職業的開端，為甚麼這麼說？舉個簡單的例子，就拿國家幹部來說，倘若一個人具有身份認同，身份認同感強烈，那他便會認為他要對國家負責，要維護國家安全，而他便會達到這個目的而開創一個職業，或是司法部門，亦或是執法人員。由於有職責，便會忠於職業。

職業還可以被譯為職掌。在《管子·大匡》中提到「三十里置遽委焉，有司職之」，解釋「職」的意思為職掌，主管的意思。你可以職掌於你喜愛的事情，可以職掌於你必須要做的事情，《晉書·樂志下》提到：「伯益佐舜禹，職掌山與川」，當你的職業於興趣愛好一致時，職掌一事便易如反掌。職業的最高程度便是職掌，再小的職業也有這樣的現象，比如說學生，在一個班集體裏，最高的職業便是一個班的班長，展開一點，便是學生會幹部，最後便是學生主席或代表，他們都有自己應該職掌的範圍，

或大或小。

對「業」的解釋便更加多元化，在韓愈的《師說》中提到「聞道有先後，術業有專攻」，對「業」一詞的解釋是學業。因此「職業」一詞，不僅包含社會上的工作者，更是包含了學生這一職業，學生也應該盡他的本分，忠於學習，不荒廢學業，不輟學，接受義務教育。又如四字詞「業精於勤，荒於嬉」，再一次說明「業」的意思，與學業有關，學生也是職業的一種，也有他應該做的責任。

「業」還有事業、功業的意思。在諸葛亮的《出師表》中提到：「先帝創業未半而中道崩殂」，便很好的解釋了「業」有功業的意思。「成家立業」的「業」也有事業的意思，而職業與事業的一字之差，卻是兩種完全不同的概念和心態。「職業」是指個人在社會中所從事的作為主要生活來源的工作。「事業」指人所從事的具有一定目標、規模和系統，對社會發展有影響的經常活動。事業是終生的，職業是階段性的。

這樣一來，由於職業具有階段性，在這條路上便出現了許多不同的挑戰，他們相輔相成，互利共贏，有負面也有正面。

從個人而言，忠於職業是一個人從事的正確價值觀，但生活總有一些誘惑使你偏離軌道。就中學生的角度而言，學好課業是一個中學生的本分，他們應該按時交作業、認真上課、誠信考試等等。俗話說，養成一個壞習慣很容易，養成一個好習慣就很

難，一天課業做到學生的本分，但每天都要做到這樣，便是一件困難的事情，於是開始出現「作弊」，「欠功課」等字眼。作弊可以讓你無付出的情況下獲得好成績，零分耕耘，百分收穫，欠功課可以讓你舒適的過日子，無需動腦，不需疲憊。但縱觀整個學業，這樣的舒適，是沒有讓一個學生進到自己的職業本分，走出舒適圈，便是學生這項職業應有的挑戰。

從社會而言，職業上的競爭便是一種挑戰，優勝劣汰的現象更為明顯。企業與企業之間的競爭，決定一個品牌能否在社會立足的決定，比如現今越發興起的電子產品行業，在眾多的電子產品行業裏後發興起的蘋果公司便佔據了市場優勢，不同的品牌以不同的科技水平和優勢發展着，一些依靠外國技術生產的企業如中興便在不久前衰落。蘋果領導着電子產品的發展，它的外觀、技術、功能等等都在被模仿着，能否在眾多品牌裏繼續保持自己的優勢再發展自己，便是蘋果公司所面臨的一個挑戰。儘管如此，但這樣的挑戰也可以為蘋果公司帶來一定的推動效果，促進他的研發水平，提升科技能力。

放眼世界，從國際而言，世界各國的貿易也是每個國家的挑戰，而職業的體現，便在於每一個進行貿易的國家幹部。國際之間的貿易戰近年來越打越烈，如何維持着和平的國際秩序和維護國家利益，變成了國與國之間的挑戰。例如近年觸發的貿易戰，中美貿易戰從 2019 打到 2020，未知的世界面臨着更多未知的挑戰，國家應該忍讓危害國家利益而維持國際秩序嗎？不能，這不

是盡職業的本分，大清王朝便是如此喪權辱國。權衡輕重，便是每個國家所要面臨的挑戰。除此之外，還要懂得審時度勢，化險為夷，以保護民眾安全為依歸，避免引發國家之間的矛衝突。這種國際親善大使的職業，極具挑戰，也極需智慧。古代有周旋於三國之間的諸葛亮、周瑜；今天亦有國務卿、首相及總理。

總的來說，職業與挑戰是社會中存在的一部分，職業是可見的，而挑戰確實無形的，而如何忠乎「職」，精於「業」，勇乎「挑」，迎於「戰」，便是個人、社會，乃至全世界都應該考慮的問題。

 評審點評 ―――――――――――――――――――――――

同學有備而來，深入分析，資料充足，詞意滔滔。難得可以擴充題材，將職業與挑戰細分為「忠乎職、精於業、勇乎挑、迎於戰」，且能前後呼應，延伸。例子生活化，惟可更全面。最後總結全文，帶出立意，結構非常完整。

職業的挑戰

楊愷莉

拔萃女書院

我們在人生的每個階段有不一樣的職業，各種各樣的挑戰。有的來自學業，有的來自生活，有的來自工作。挑戰無所不在，我們要勇於面對並從中學習。

在少年期，我們的職業是學生。在這階段，我們的工作任務是努力讀書，吸取知識、磨練自己、為自己的理想工作奮鬥。這看似簡單，卻亦是一個很大的挑戰。許多人在這階段陷入迷茫，他們對自己的前途一片茫然，就似一隻迷路的羔羊。他們沒有目標，只是努力掙取在試卷上拿滿紅色的勾。這時，我們的挑戰就是如何在茫無目標的飄盪中尋得方向，持回對夢想的熱誠。有人曾說：「擁有夢想是一種智力，實現夢想才是實力。」在入學的時候，大家曾爭聲議論着自己長大後的夢想職業。可是不知從何時開始，我們變得安靜，不再議論此話題。這是因為我們成長了嗎？還是我們變得世故？我想兩者都是吧！在教育下，不少人潛意識認為只有好的分數才能有好的工作，好的工作要有高收入……他們不再坦然追尋內心的夢想，恐怕被人取笑。想成為畫家，卻擔心收入低；想成為屆生，卻認為無法實現；想成為圖書館理員，卻被告知太平凡。有多少人能在這情況下依舊堅守最初的夢想呢？這時的挑吃就是我們是否能挑出世俗的框，披荊斬棘地追尋夢想。

完成學業後，我們就會步入社會，走入職場。這又是一大挑戰了。隨着環境的改變，我們要面對不一樣的人。我們不再是父母悉心在手掌裏呵護的小鳥，而是離開了他們，要獨自覓食的鳥兒了。在職場上，沒有人再能像父母般無限地包容我們，所犯下的過錯自己必須要承擔。或許我們會因突如其來的轉變而迷茫失落，但我們不應怨懟逃避，反而要努力學習自我生存的技能，不要拒絕成長的機會。

此外，職場上另一大挑戰就是如何在面對困難挫折時，依舊不失初心，敬愛自己的職業。沃森是美國一家跨國科技公司的創始人，他曾對員工說：「忠誠敬業和努力工作是融合在一起的。敬業是工作的潤滑劑」。當人們能保持對工作的熱愛並全心投入當中，他們就能從中找到快樂。消防員是一個危險的職業，在工作期間，他們有可能會受傷更會失去生命。可是在每一次火警中，消防員都會奮不顧身地去拯救人。消防員的無私奉獻是出於他們對工作的敬愛，因此才會有令人嘆服的精神。

人生的每個階段都是一次挑戰、領悟。我們必須努力攀登，挑戰那峻峰的山，才能變得更優秀。

💬 評審點評 ────────────────

同學列舉少年期及完成學業後兩個人生階段的職業與挑戰，總結人生職業挑戰的領悟，內容豐富，但過於集中在單一階段中的陳述，可嘗試比較不同人生階段的職業與挑戰。

殮容師的獨白

楊卓瑩

粉嶺禮賢會中學

「好好的一個女孩子，怎麼會做這種職業啊？不覺得可怕嗎？你的身上會否有股怪味？你很奇怪耶。」每當我道出自己職業時，他人總向我投下奇異的眼光、說出令我難堪的說話。

我是一名殮容師。一直以來，我都很熱愛這份工作，能令遺體在人生路上的最後一程得體、安詳地離開，這份滿足感是我在其他工作上難以獲得的。「儘管他人對我的職業抱有異樣眼光，我也不介意，只要我喜歡自己的職業就可以了！」這是我剛投身於殯儀業時的想法。

然而，那個對工作滿腔熱忱的我，終在歲月洗禮中開始質疑自己。熱愛自己的工作，又如何？堅持多年，盼能改變身邊的人對殮容師先入為主的偏見，但終未能改變。我卻步了！或許是到了二十中旬，開始為自己的前途感到煩惱擔憂，旁人總以為殮容師收入可觀，但其實不然，加上朋友的疏離、家人的不理解，他人異樣的眼光都令我倍感受挫，亦令我開始在「夢想」與「麵包」中掙扎。我真的要放棄了嗎？真的要重新投入金融業——旁人一致認為有前途，但我並不喜歡的行業嗎？儘管我心猿意馬，但工作時仍會保持專業，就如現在的我正接受記者訪問，解答着他對殮容師的疑問及分享我過往的一些經歷。「非常感謝你接受本週刊的採訪！這絕對是我最難忘的採訪！」記者笑道。看着他那滿

足的笑容，我彷彿看見多年前剛投身殮容師時，初生之犢不畏虎的自己。我看着他，問道：「當記者很舒適吧？坐在辦公室寫新聞稿，偶爾採訪他人，一天的工作就完了。」

他的笑容凝住，並皺起眉頭道：「你為何會這樣想呢？當記者怎會是你想的這麼輕鬆容易啊！除了採訪前要作充分了解及準備、寫新聞稿、採訪外，我們還要為趕及早上能印刷報章而加班至深夜，一遇到突發情況如車禍、颱風時，即使是深夜都要立刻告知公眾。有時候寫了一篇自己滿意的新聞稿，最後卻會被上司否決掉，你能想像有多失望嗎？更甚的是，一旦他國出現疫情、社會動盪時，還可能會被上司派往當地採訪，在惡劣環境下仍要保持冷靜，為求將最真實的資訊告知公眾，這就是記者。所以啊，我是非常喜歡和欣賞記者這份工作的！」說着說着，他由皺着眉慢慢重拾笑容，眼裏的光芒、他不自覺上揚的嘴角，一一都在告訴我：他很喜歡他的工作。

我追問道：「既然當記者這麼累，挑戰這麼多，你為何仍堅持、不放棄？沒考慮轉職嗎？」他笑得燦爛，道：「為何要放棄？這是我熱愛的工作，累又如何？何況各行各業都會有挑戰啊！怎會因小小的挑戰就輕易放棄？就如金融會計行業工作繁複、壓力大，會有工作內容的挑戰。又如殯儀業會受他人忌諱，是個人內心心境上的挑戰。既然有挑戰，就克服它啊！因它而轉職，到最後仍可能會在其他行業上遇到同樣的挑戰，難道又要因它而轉職嗎？還有，我相信只要我努力，終會出人頭地，成為眾人皆知的記者！」

我被他樂觀的態度震懾了，他說的沒錯，既然各行各業皆會面對挑戰，又何必為逃避一時的挑戰而轉職？我們都太容易陷於世俗的眼光中，越陷越深，繼而對自己的職業感到自卑，開始產生「倒不如順應社會標準，找一份安穩、頗有前途的工作算了吧」的念頭，但其實無懼挑戰並克服它才是最直接的解決方法啊！我深知當殯容師最大的挑戰並非自己的技術高超與否，而是能否承受他人的眼光，內心的心境才是我最大的挑戰。我頓然醒覺，我想，在「夢想」與「麵包」之間，我已懂得作出抉擇了。

　　記者離開後，我打開化妝箱，繼續我的工作。

 評審點評

　　同學善用明暗相生的手法，借與記者的對話暗寓內心的掙扎，擺脫說教的痕跡，妙在仍緊扣題意，構思良佳。最末一段暗扣題旨，饒具心思。同學筆觸細緻，情節發展，在意料之外，情理之中。整體而言，鋪排及構思得宜。

挑起夢想的熱戰

李蕊

氹仔坊眾學校

挑戰，是一條讓人一步步踏向雲端的階梯，一個令人蠢蠢欲動的名詞。自人類誕生，挑戰這個詞語便一直縈繞在我們耳邊。遠至猿人與自然爭鬥，成為地球上的最高統治者，近至一次又一次以太空為目的地發射的人造天體；從我國為治洪水而三過其門而不入的大禹，再到花費十年研製出蓄電池的愛迪生……古今中外，奮力挑戰未知領域的人們比比皆是。

相比那些轟轟烈烈的名人，生活中的我們，大都只是一個平凡人，但是這樣平凡的我們，也可以擁有一個不凡的人生。

學習和工作是我們絕大多數人生命中的分水嶺，前十幾年按部就班的學習，使不少人都非常嚮往能掌握經濟大權的「自由生活」。然而，在選擇職業時，面對各種不同的因素，每個人心中的天秤都會有搖擺不停的時候。有的人對未來充滿憧憬，滿腔熱血地奔向令他歡喜的選擇；有的人猶豫不定，在夢想與現實之中苦苦地爭扎；還有的人漫不經心，只想碌碌無為地消磨光陰……

求知、探索、實踐、創新是我們生活中常見的步調。但有時候我的腦海中也會出現另一種聲音，它悠悠地道：「就這樣輕輕鬆鬆地度過一生吧。」選擇一份悠閒的工作，每月按時領一份中等的工資，住在一套小小的房子裏，就這樣平凡地生活不也挺好

的嗎？但是轉念一想，人生短短數十載，倘若我就這樣平平無奇地度過一生，那麼活着的意義到底是甚麼呢？人類文明之所以發展到如今的規模，便是因為前人所經歷的大大小小的挑戰。在我們日常生活中隨處可見許多不同的「小挑戰」，而我們亦每天都在經歷，如早睡早起、堅持學習、堅持運動⋯⋯然而，在這包羅萬象的挑戰中，最大的挑戰，不是別的甚麼人、甚麼事，而是那個與你朝夕相處、對你瞭如指掌的自己，那個懶惰成性、鼠目寸光的自己。你便是那座冥頑不靈的山、那片深不見底的海、那團掩人耳目的沼氣，阻止你奔向你內心所憧憬的未來。

如果你問我，17歲的我有甚麼？我會回答你，我有一個夢，一個令我擁有滿腔熱血、勇往直前的夢。雖然這個夢不一定會成為現實，但是它卻能成為促使我前進的動力，成為讓我跨越那一座座高山、一片片深海、一團團沼氣的存在。一個不能靠自己的能力改變命運的人，是不幸的，也是可憐的。多少人想去改變，卻不能將命運掌握在自己手中，反而成為命運的奴隸，始終無法擺脫，最終也只是在這浩瀚宇宙中，一顆漂浮的塵埃，就連回憶也不曾擁有，只能留下滿心的遺憾。

如果你心中有夢，那就大膽去追吧！追夢最重要的成果，莫過於在過程中不斷地自我挑戰，提升自我。也許你最終還是沒有夢想成真，但過程中的收穫便是予你最好的結果。只要不滿足於平凡，你也可以擁有萬丈光芒。

評審點評

　　同學文筆不俗，自擬題目，頗有想法，美中不足是過於強調個人的部分，以致對「職業」、「挑戰」兩大關鍵的發揮未盡圓滿。

有人說：「通往理想職業之途，挑戰處處，你同意嗎？」

區沚瑩

路德會西門英才中學

有人說：「通往理想職業之途，挑戰處處，你同意嗎？」我十分認同這個說法。

那麼「理想」是甚麼？然而「理想職業」又是甚麼？「理想」是與一個人的願望相聯繫的，是對未來的一種設想，而它往往和目前的行為沒有直接聯繫，簡單而言，是對未來有可能實現的奮鬥目標的嚮往和追求，而「理想職業」就是自己期望的職業，希望達到的目標。因此，在實現或通往理想職業之前，往往會退到很多挑戰及困難要面對。

首先，在通往理想職業的過程，總會遇多許多挑戰及猶豫的時候。例如學歷及能力問題已經是首要的問題。例如，理想職業是做銷售行業，這行業的首要條件是口才了得、說服力強才能令別人得到對你的肯定。但是亦沒有人天生完美，在成長及學習的過程總會遇到挑戰。就正如剛才的例子，若自己本身口才及說話能力不太好的話，要實現此職業的確會遇到不少挑戰。因此「理想」及「現實」其實差距也很大。

另外，性格是否合適也是一個要考慮的重要因素。

經歷過挑戰後，再得到也不是件壞事。誰不想一步登天？

但是在通往理想職業的途中往往會遇到很多困難，但是若成功擊敗挑戰而得到的往往比容易又不用有更多挑戰的好。這樣不但可以享受過程，也是一種體驗，亦是一個學習過程，從中得到成就感。而且，在過程中，一步步的經歷挑戰就如遊戲通關一樣，越來越難，挑戰難度也越來越高，而且在過程中總會一些陷阱出現，就如考慮自己的承受能力一樣，因此，在通往過程中，會不斷受到突如其來的挑戰，讓自己面對，以及打敗這些問題。

因此，理想職業的達成，往往並非容易，有可能會想過中途放棄或，接受，面對現實。然而，不要斷挑戰及學習才有可能成功。

 評審點評

自定題目，言之成理，另闢蹊徑，探討理想與現實的矛盾，頗見思考。看來準備的時間及決心略有不足，以致例子不多，內容稍嫌單薄。

容瑞妤

路德會西門英才中學

　　我同意這個說法。常言道：「寶劍鋒從磨礪出，梅花香自苦寒來。」喻意要做到自己的理想目標，需努力和克服一定的困難。誰不想做自己喜歡的工作，但只有喜歡是不足夠的，我們還需經歷很多的磨練，跨越處處挑戰。

　　人們想做好每件事都要付出。若想要刀鋒銳利的寶劍，需從不斷的磨礪中得到。同樣想做到自己理想的職業，是需要不斷的努力，克服一定的困難。每天學習一點點，日積月累下來，就會離目標更近一點。例如想升到一個更高的職位，人們就需要付出比別人更多的時間。通常我們要從基層的職位慢慢升上去，學習別人的做法，從中提升自己的能力。更要看有沒有機會被老闆欣賞。做到那個位置後，亦需着自己能否勝任，會不會輕易被人代替。而有些人做到自己的理想職業，但是並不知道自己適不適合那份工作。需要自己一點一點的去摸索，途中可能會遇上很多打擊和不認同的流言蜚語。會有很多人說你不適合，但我們還需要保持初心、堅定理想，才能打破重要難關。俗語說：「誘人的東西，總是在考驗想得到它的人」

　　人們想得很簡單，現實卻很困難。小時候被老師問起長大後要做甚麼，我們總是輕易說出。但慢慢長大，才明白不是每個

人都能做到自己喜歡的職業。我的夢想是開一間咖啡店，讓生活繁忙的都市人有一個地方放鬆。但現實又怎麼容易呢？金錢、支持，這些都是我要面對的東西。營造一間咖啡店要多少資本，這麼多的咖啡店，為甚麼別人要來我這間？身邊的人會支持我嗎？雖然有這麼多的困難，但我認為自己熱愛的東西，就要嘗試去做。金錢可以賺、技術可以學、支持可以勸說、證明。一切的路都很難，走過去就好了。下定心去做，怎麼知道自己會不會成功呢？

有很多跟我們一樣都是由普通人，一步步走過難過成功的例子。中國著名企業家——馬雲，他是由農村出身，從一無所有到中國首富。他經歷了許多失敗，學業不優秀、投履歷被拒絕、投資者不看好、作出過錯誤的決定。但他卻在一次次失敗中，越戰越勇，他堅定了自己的理想，就踏實地去實現。最後他成功了，成功創辦阿里巴巴，完成了自己的理想和目標。

如果遇到困難就轉彎，到最後恐怕會一事無成。千萬不要半途而廢，決定了理想後就要想辦法完成。梅花飄香來自它度過了寒冷的冬季，挑戰和經歷過挑戰，自然便會成功。

💬 評審點評 —————————————————

以「梅花香自苦寒來」的勵志比喻入文，援引生活的例子及個人的抱負作佐證，立意積極，內容層層遞進，最後以生活俗語再次呼應主題，結構完整。例子可更全面，使之更具個人風格。

職業與挑戰

陳思詩

路德會西門英才中學

　　山雖高，沒有爬不上的。路雖遠，沒有走不到的。在漫長的職業生涯中難免會有崎嶇，而那些遍佈路上的挑戰，是「墊腳石」還是「絆腳石」呢？「挑戰」可以理解為因自身或環境所帶來的困難。筆者認為，挑戰的存在為職業賦予了意義，人亦在挑戰中有所得着。

　　首先，職業中的挑戰能夠激發人的智慧，在逆境中尋求出路。就好像牙買加雪橇隊的運動員一樣，由於新冠病毒下的封鎖，牙買加的雪橇遇到了創隊以來最大的挑戰——沒有雪。身處熱帶的牙買加隊員急中生智，改善斜坡上以推汽車模擬環境。這樣的挑戰，不僅沒有便得他們放棄甚至一絲氣餒，反而令他們在逆風中生長，成為更優秀的運動員。是的，作為即將步入社會，擔起重任的我們，解決挑戰固然重要，但從中激發出的急智則更能引人向職業的目標進發。可見，職業中遇到的挑戰令人克服困難，砥礪奮進。

　　其次，打敗挑戰的過程令人擁有勇氣，到達專業的巔峰。正如 1914 年深夜發生的那場大火，著名科學家、發明家愛迪生的製造設備、記錄被燒得一乾二淨，這價值近百萬的儀器和無價的記錄令旁人都痛惜。而這位科學家卻在次日清晨埋葬了他多年的勞動成果的灰燼，「困難有困難的價值，我的錯誤也被全部燒掉

了，現在我可以更好的開始。」愛迪生面對突發的挑戰時的勇氣實在令人敬佩，而這勇氣成為了他的加油站，助他成為傑出的學者。我們即將踏上的職業路下何嘗不是如此？越是沉重的困難越令我們獲得勇氣，成就在職場的新高度。

第三，挫折能給予人堅韌的品質，成就流芳百世的佳話。明代的談遷印證了此理。談遷花費了 27 年的時間和心血編成了五百萬字的《國榷》初稿，卻被貪婪之徒偷走．他忍痛指負常人無法理解之重，再度埋頭若干十年，完成了《國榷力》。之後又花費三年的補充、修改，終於完成這筆史學著作。談遷在經歷被偷書後內心的挑戰中憑借堅忍不拔的精神支撐自己，此般事迹更為後世驚嘆。可見，職業道路下的挑戰令人的品質變得堅毅，名流千古。

有人說：「挑戰令職業變得不穩定，會讓人受挫以致一蹶不振」，其實不然，孟子有云：「生於憂患，死於安樂。」意思是處在憂慮禍患中可使國家生存，處在安逸享樂中會使其消亡。職業亦如此，長久的平穩只是暴風下前的假象，一旦挑戰前至就會令人手足無措。可見，挑戰的存在令人居安思危，時刻為突如其來的困難打十二分精神。

古語有云：「千磨萬擊還堅勁，任爾東西南北風」，奧維德曾說：「勇士是在充滿荊棘的路上前行，鄒稻奮指出：「一切挫折和挑戰皆是增強能力的機會」。歷史總是警示着世人，勉勵即將獻身社會的你我勇於挑戰。望你我能「明知山有虎，偏向虎山行」！

評審點評 ——————————————————

　　文章入題吸引，內容緊扣重點，層次分明，一氣呵成。同學引孟子「生於憂患，死於安樂」作語例，深刻有力。可考慮運用更多寫作手法，如正反兼論等，不宜再以愛迪生為例，一般文章用得太多了。

職業與挑戰

莫猷灝

路德會西門英才中學

「一帆風順雖然令人羨慕，可是逆水行舟有的時候會更讓人欽佩。」—塞內加。在這世上每個人都掌握着無數條選擇的道路，有的是珍惜東下，有的是展望將來，甚至不論眼前的迷茫而堅信自己所走的漫漫長路。「職業」是人們的理想，又或者是維持生活的依靠，而挑戰是人生這條崎嶇上的荊棘，只有斬斷後方能見到嶄新的世界。

傲雪寒梅，若盡甘來。挑戰可以是苟且面對、聽天由命、竭力以赴、亦是對於百折不撓精神的一種體現。

苟且的面對挑戰，何償不是一種自欺欺人？夢是美好的，由自己編排的劇本裏演繹着不同於現實的世界，在那裏不需要知道任何東西，因為夢想它是早已被編排好的。但是醒來後，充滿着未知卻又無助，電影落幕，曲終人會散，就像看着喜劇的你，笑着笑着就哭了；就像走出影院，慢慢適應光線的你，終於知道了現實與虛幻的落差。而這個夢想從始至終只是一部電影、一場夢，無論它如何美麗，如果讓人留戀，都不可能永遠沉沒於其中。很多滿懷夢想的人在挑戰的道路上苟且，世上處處都有逃避現實的入口，但當電影散場，夢醒十分，後知後覺的你又該如何自處呢？

貝多芬失聰，卻找到了屬於自己的音樂國度，演繹出的節奏時而輕快、時而活潑、時而歡樂、時而悲哀，無論彈出的節奏如何，卻總能把觀眾帶入其中。霍金借助着交談儀器，提出了一系列無一不是令人敬佩的理論，計算着屬於宇宙的公式，破譯物質的語言。當他們面對自己職業、挑戰的時候，勇於面對挑戰與困難的心態只是為了證明命定的局限盡可永在，不屈的挑戰卻不可須臾或缺。

　　職業與理想並不對等，但關係卻好似風箏與天空，少了天空的風箏毫無意義，少了風箏的天空卻顯得格外冷清。當職業與理想並存，理想指引着我們的職業，給予風箏猶如鮮活的生命般翱翔着，給人無窮無盡的想象，提供永不磨滅的精神動力。無論職業是甚麼，心存理想、克服挑戰、理想與熱情，成為了驅使航行的帆和舵，讓我們的理想與職業遠航。

　　如果再一次問起「職業與挑戰」，《格言聯璧》的「志之所趨，無遠勿屆，窮心距海，不能限也。」也許能詮釋對於此疑問理解吧。

 評審點評 ————————————————

　　談職業與理想，探討深刻，例子亦多樣化。若準備能更充足，文章的組織可更緊密，主題亦可更清晰，或能更緊扣「挑戰」一詞。

職業與挑戰

陳孝權

路德會西門英才中學

關於職業與挑戰這個話題，相信是我這個年齡階段所要考慮的，的確是，從踏入高中的時候，周遭一切人與事都開始關心你的選擇。可這讓我有些迷茫，我的夢想是甚麼？我未來要選擇甚麼職業？它會為我帶來甚麼挑戰？我無從得知，於是我開始慢慢回憶着，希望找到初衷。

"媽媽，長大後我要當一位畫家，繪畫星月，勾勒太陽的光茫，把您刻畫成世界最美的人。"這應該是我最早的一個夢想吧，當時心中對繪畫無比神往，疑惑着為何畫家手中的筆能捕捉最美好的畫面，渲染出最美的色彩。可長大後慢慢發現，成為一個出色的畫家要面對太多挑戰了，一千萬人眼中有一千萬個哈姆雷特，每個人的審美都是與眾不同的。要想成為一個出色的畫家，你的風格需要被接納認同且有人欣賞。就同千里馬遇其伯樂般，是不能缺失的。若你想迎合大眾審美而改變自己風格，你亦失去了自我個人特色，失了本心。再者，成為畫家前，前期的投資亦十分重要。顏料、專業課學業等等，也是一筆大開銷，我沒有那種天賦，面對不了這些諸如此類的挑戰。我成不了一名畫家。

"當一名作家吧！"在某一個夜深人靜的晚上，蜷縮在被窩挑着手電筒看着小說的我這樣想到。作家在我手心佔着一個崇高的地位，是我無比敬重的。無論是王小波、余華或是東野圭吾等

等，都影響着我。作者筆下的事物有時遠出眼見的美好，一本好的文學作品是確確實實能改變人的一生的。余華的《活着》一書，引起了多少人對生命的思量？這是一本好文學作品的力量，也是一位好作者筆下的魔力。可成為一位好作家，也需要面對莫大的挑戰。和畫家一般，得而知遇是其一之難，可是要成為作家，自身的條件也是一巨大挑戰，你得留心關心生活、社會、有着對事物細膩且獨特的見解，這是一種天賦，是先天帶來的。而後天的是對書與知識的日積月累，爛盡筆頭而成的獨特文章與風格。再者，成為一名知名作家，身負的社會責任亦是沉重的。他需要引領讀者有自己的思考，帶之以正能量，傳遞以文字的溫暖。好作家更似一位英雄，掌握以文學，救之以陌生之心靈。我是個俗人，看山是山，海是海，用不了炫麗的文字。性格也不好，背負不了作者的責任，我也成不了一名好作家。

　　想着想着，發現我似乎沒有甚麼特殊的品質以贏任某一職業。仔細想想，是因為我還沒有作好準備。想要在未來擁有一個好職業，無論高貴或是平凡，都需要莫大的沉澱。廚師需付之以日復日廚房內的汗水、律師需要付之以每個夜晚的埋頭苦讀、教師需要在被壞學生刁難後心態調整。他們的共通點都是自身的不懈努力，天不會降大餅這件事是公認的。而沒有未來目標的我們亦無需太過着急，現在的我們職業是學生，而挑戰是學習知識，修心養身，沉澱自我，在漫漫上下而求索的求學之路上，必能找到本心，撥雲現月。所以，身成年輕的我們，共勉之吧！

**評審點評**

　　同學文筆樸實，將理想與現實、職業與挑戰的感受能夠清晰地表達於作品內容。但惟似過多將筆墨集中在描述個人構想，使文章第二三段所表達的中心思想不明顯，可嘗試下筆前再斟酌全文結構，讓段落立意分明。

人生職涯追光路

梁靄珍

保祿六世書院

　　二三七八年，地球迎來新的章程—機械時代，人類失業率達到高峰，不同的職業被取代，人類將在職業的長河中消失得無影無蹤。

　　我接過機器人帶給我的簡介，望向坐在我面前的人，身為一名職業策劃師，我的職責就是挽救那些站在被淘汰邊緣的人，猶如在黑暗中追逐微光，尋找新機，務求在懸崖綻放花朵，眼前的這位與眾不同客人，已是第五次向我尋求幫助，他區別於其他人的特別之處在於他人選擇「放棄」二字，但他選擇堅持，乘風破浪，他在一個追求快但放棄口感的時代，堅持經營餐廳，你可以形容他為愚蠢，但我卻欣賞他這份堅持，我可謂看着他由一無所知，僅懷着一顆赤子之心，懵懵懂懂，就向前衝，到現在懂得顧全大局，深思熟慮的人。他三番四次來向我了解時局，只為配合現況，改變餐廳的經營計劃，時至今日，他竟能打敗快餐店，在餐食界獲得一尺之地，鰲頭獨佔，最令我深刻的是其他快餐店為打壓其餐廳，以低價吸引客人，令餐廳面臨倒閉，但他孤注一擲，投入整副身家，只因對職業的熱愛。

　　這本書帶給了我新的啟發，與故事中的客人不同，在畢業後我選擇了隨波逐流，成為了一名會計師，只為維持生計，只因沒有勇氣去選擇自己所喜愛的職業，經歷完三年痛苦的生活後，卻

沒有勇氣去改變，就如被魚網捕獲的魚般無力掙扎，想尋找一份新的職業，又因未知帶來多恐懼及挑戰，而卻步，沉溺深海。

現在的我成功蛻變成為了一名時裝設計師，哪怕是一份艱難的職業，卻能帶給我幸福，面對別人的質疑，包裹著我從自卑變成自信，甚至令我有追逐更高地位的勇氣，在一路我遇到的挑戰比起之前更多，但我卻有勇氣追光。我亦學會了尋求幫助，當初一句「你是否可以幫助我」是我難以開口的挑戰，現今卻成為了平常的一句，如同賽龍舟需齊心協力，令我工作事半功倍。

獲得一份正確的職業，就像黑暗中的一顆星星，帶領你通往一片星河，璀璨奪目，亦會帶給你勇氣，令人生不再蒼白，去越過挑戰，走向遠方。經歷完風浪後，才發現當初經歷過如同令我日暮途窮的挑戰，在現在看來只不過是小風浪，如同浪花拍打岩石，只有在漫長的日月侵蝕下，才會受傷。了解清楚自己的取向，而不是人云亦云，否則再遇到挑戰時，大多數人會選擇退縮，而不是迎難而上，最終一無所有。人的一生會有很長時間被工作所佔有，亦需克服不同挑戰，但它們終將成為一塊塊五顏六色的拼圖，拼合成獨一無二的人生。

正所謂：「條條大路通羅馬」，職業無分貴賤，亦沒有完成不了的挑戰，只要相信自己，挑選符合自身能力範圍且喜好的職業，只要自己不看低自己，則沒有人可以輕視你。

文章線索邏輯清晰，且充分體現同學的豐富想象力，構思了二三七八年身為職業策劃師的「我」、成為了會計師的「我」和「現在」成為了時裝設計師的「我」，仿佛時空穿梭，最後將職業比喻為挑戰點題收筆，筆觸新穎。

夢想不應止步於挑戰

黎澍晴

余振強紀念中學

夕陽的餘暉撒落在林蔭大道，橙橙的，使人莫名地輕鬆。從工作室回家只需十分鐘的路程，我提着沉重如石的畫板，正在苦惱如何將它收納在我那細小、盒子般的房間，倏然，瞥見前方樹下正站着一個青年人。他的眼眸失去了光彩，手提包倒在他的腳旁，臉如死灰，我不禁怔住身子。他是⋯⋯失業了嗎？還是遇到挫折？我陷入聯想，亦勾起自己以往的回憶⋯⋯

我的夢想，是成為一位畫家。這個目標從我四歲開始被父母送至畫畫班時便定下了，本來父母想我的「競爭力」提高，殊不知我卻一去無回的迷戀上創作、自由、萬變的藝術。

畫畫，在小學時的確成為我向人耀武揚威的專長，然，在中學時卻轉變為別人向我冷嘲熱諷的羞恥。「畫畫當作興趣發展沒問題，但⋯⋯當作職業不太好吧？」「你有聽過當畫畫的能富起來嗎？」「你有考慮放棄嗎？畫畫的收入並不穩定！」這是我再這年中聽得最多的話，同學在交流未來發展計劃時對我的志向不屑於一評，親戚在噓寒問暖時對我的目標再三質疑，有時我都快要被質疑的聲音磨滅掉我的堅定，如太平洋的一葉輕舟，孤立無援，只能苦苦奢望會有靠岸的一日，我不想因在社會大眾追求「高尚多薪」的風氣下，為我的夢想上加了一層無形的枷鎖。

有一天，同學們都要為自己填寫大學志願表。我滿心歡喜地接過志願表，看着眼前的表格，我壯志躊躇地要填下藝術科，但卻被耳邊傳來的聲音阻止：「一心你的志願是當一名律師嗎？一定能賺取很多的薪金，而且名氣高時，薪金可能會翻倍！不像她……做畫師，能有甚麼成就？」我手上的筆停住了「贊同，小晴，你還是考慮清楚吧，始終，畫師的確不入主流……」我不禁苦笑起來，強撐我的失落和委屈，同時將志願表收進了抽屜——我猶豫了。

　　接下來的數日，我放學便直奔家中，沒有再去平日經常去的、那離我家只有十分鐘路程的畫室。失落、猶疑籠罩着我，一方面是我喜愛的興趣、目標，另一方面是社會風氣對我的質疑。連母親都不禁注意到我的異常，她雖然對畫室的認知不足，卻也願意支持自己的女兒尋找自己的夢想。一天，她走進我的房間，我在倉卒間不能抹去面上的鬱鬱寡歡，她慈祥的撫撫我的臉：「你看！」她手中拿着我去年在青少年繪畫比賽中獲得季軍的作品，「你不是常常對自己說嗎：『即使不斷遭受挫折，也不灰心；即使身心疲憊，哪怕是處於崩潰邊緣，也要正視人生』現在你又為何灰心？」對啊……這是梵高曾說的名言，而這作品也是為鼓勵自己而作的，我因為一而再，再而三的質疑所擊敗，連自己的初心也差點忘卻了。再看看房間貼滿了自己的壯志、憧憬和熱情，怎可以說放棄便放棄了？內心的失落漸漸消失清空，而我不再猶疑地拿起志願表，填下那一項我夢寐以求的科目……

數年後，我成功地成為了畫師，雖然收入不高，但，我卻獲得了我人生另一筆的財富。我沒有顯赫的身份和錢財，然，我卻得到心靈上的富足和發自內心的快樂。許多人或許正在埋頭苦幹地工作，可是有多少人是依照自己的內心去幹活？跟從社會的風氣、沒有靈魂的軀體，每日千篇一律地重覆同樣的工作，帶着虛假的笑面，又怎會有真正的喜悅？不要害怕接受挑戰，因為這是磨煉；不要否認自己的夢想，因為這是支撐自己的信念；不要被質疑擊敗，因為這是自己的肯定。

從回憶中醒來，樹下的青年人離開了。我也提起畫板，繼續啟程回家。走在同一條路上，有的人獲得了他們的「財富」，有的，在起點上原地踏步。

💬 **評審點評** ─────────────────────

同學能從多方面探討題意，頗見思考，都合情理，惟欠中心焦點，稍嫌泛泛。同學或可列舉事例一二，令文章呈現主線；亦可考慮多用不同手法，避免直述到底。

寫給未來的自己一封信

廖穎欣

救世軍卜維廉中學

致未來的你：

嘿！你過得好嗎？當你看到這封信時也許會把以前的辛苦付出忘得一乾二淨。這是未成年的我送給進入社會的你一份珍貴禮物。

還記得曾經的夢想嗎？空閑時還會想起認識多年的高中同學嗎？剛步入社會進出職場的你對未來有想法嗎？我想告訴你秘密，其實現在的我對未來很迷茫，曾經立下的小目標好像都隨着時光流逝了。或許，流逝的是我們不是時間，不知未來的你在做甚麼呢？現在的我想和未來的你說，「親愛的，你要適應新的挑戰。在職場上未必像電視演我這麼兇險狡詐，針鋒相對，所以你要朝着目標勇往直前，那我也會盡我所能地為你爭取選擇工作的權利。」

嘿！你知道嗎？寫信給你時的我已經十七歲了，正值青春年華的我們在不斷學習、不斷努力。然而，對於未來的生活我有過憧憬也會有徬徨的時候。我會為你的工作糾結選讀的科目、會擔心讀不好更害怕考不上大學。你曾還記得我們小時候幼稚的理想嗎？看到電視上的演員可以扮演不同的角色經歷不同的人生覺得很有趣，於是信誓旦旦地跑去和媽媽說長大後我一定要成後一名

出色的演員，但真的到了長大後，才發現我根本沒有他們所具備的才能，不會跳舞不會唱歌，甚至害怕站在人群前。

聽朋友說將來求職會越來越難了，現在科技發達有許多職業可以不需要人力操控。由機器代替人力不單降低了生產成本還確保了生產效率。聽起來好像不錯可實話說，我還沒試過求職的滋味，未體驗過打工的艱辛。再過六年就二十二歲了，估計剛大學畢業要出社會的你是否還有迷茫和害怕？或者對未充滿希望？

年輕人啊，都想出人頭地，都想有份光鮮得體又舒服的工作。可我覺得職業無分貴賤，每一行職業都有他存在的意義。例如，清潔工人讓我們的環境變得更好；消防員給我們生命的保障；飛行員讓我們能放眼世界等等。

我常在想，如果將來的許多職業都被機器取代，那我們這些平平無奇的普通人還能做些甚麼呢？想一想，若看機上無飛行員，還有乘客敢坐上這部飛機嗎？世代在改變，職業在變遷，或許未來，一張大學畢業證書一個博士學位也算不上是甚麼。所以，親愛的，勇敢地去追求你想過的人生吧！趁你還年輕去嘗試不同的工作吧！最終讓那份職業成為你熱愛生活的動力，不要讓無關緊要的東西阻礙你前進的方向。

因為有一份自己熱愛的工作是多麼幸運的事情。所以，現在我所做的每一件事都將成為你未來的伏筆。希望未來的你能如你所願般地生活。

祝你平安，天天開心！

十七歲的我

二零二零年六月二十七日

 評審點評 ————————————

同學用書信的形式、第三人稱的口吻，將職業與人生娓娓道來，文筆流暢、詞句通順，文章故事感強烈。

乘風破浪，迎接未來

林玉茵

救世軍卜維廉中學

夢想，是堅持自己的信念，完成理想的慾望和永不放棄的堅持，是每個擁有她的人最偉大的財富。（任初七）

——題記

在這瞬息萬變的時代，所有的資訊、事物都在不停的更迭，每個人的人生都起起落落，一不留神，你就會在這個時代的隊伍中成為落伍的一員。作為中五學生的我，也即將面臨着人生的一大抉擇。我也將要步入一個新的開始——我的大學生活。而四年後，我也將如現在正在各個機構、公司中不停地將自己的簡歷投入，然後持續不停地在它們之間來回奔波。我不禁思考，我的理想是甚麼？渾渾噩噩地一路走到現在，我當初所堅持的的心底裏的那份炙熱的理想，現在還是始終如一，毫無改變嗎？

曾經的我，想成為一名藥劑師，因此我在中三選科的時候選了生物學和化學。其實，我記不清，是它們讓我有了想當藥劑師的理想，還是我因為有了這個理想，才選擇了它們。但是有一點是毋庸置疑的，我喜歡理科遠多於文科。我想，這也算是我對我未來的職業的確定了不是嗎？至少我至今還沒有動搖過這個念頭。因此，我也報名參加了一個診所為期七天的護理培訓。不論如何，我想它最起碼是和我所選修的科目是有關係的，它能夠讓

我接觸到不同的病人，讓我能從中學習到很多知識，我也因此對這次的培訓有了些許期待。

對於當初選修這兩科的時候，我是沒有太多的把握和信心的，是在一個老師下，我才有了勇氣邁出了我的第一步。但是我依舊面對着數不勝數的質疑。有人質疑我的成績，質疑我的能力，更多的，是連我自己都質疑的——我的英文成績。眾所周知，理科在大學都是全英的模式，我的英文成績讀理科未免太過牽強。但是我內心有一個聲音在告訴我，堅持你所想堅持的，挑戰不可能，你可以突破你所認為的不可能。

如今一眨眼，也兩年過去，我也成為了中五即將升中六的學生。然而，我的英文依舊不足以讓我能夠成為一名藥劑師。我未來的職業道路上，依舊面臨着很多的挑戰。在這個「適者生存，不適者淘汰」的「達爾文定律社會」中，我看過數不勝數的厲害人物，也看過無數的失敗的典例。人外有人，山外有山，在海的那一面，可能還是更深邃更遼闊的海洋。有太多的比我更優秀的人，但我依舊會為了它努力，不會放棄。我相信既然我已經邁出了我的第一步，那剩下的九十九步無論有多困難，我都會無所畏懼，乘風破浪，逆流而上，一路披荊斬棘，到達成功的彼岸。魯迅曾經說過：「人生最痛苦的是夢醒了無路可走，做夢的人是幸福的；倘若沒有看出可以走的路，最要緊的是不要去驚醒他。」我想，人的一生如果沒有了目標和理想，是可悲的。夢想從不怕離奇，不怕天馬行空，只我們要敢於做夢，就不怕找不到路通往

成功的路，哪怕它蜿蜒曲折，陡峭十分，哪怕它路上黑暗會處處碰壁，只要我們堅持不懈地為之努力，幸運之神最終會眷顧努力的人。所以，在通往我們職業的道路上，無懼挑戰，勇往直前，乘風破浪，迎接未來！

 評審點評

　　同學先以設問的方式印引出主題，再從宏觀的時代角度，到微觀的個人角度，多方面來探討主題，最後總結扣題，行文通順流暢。但結尾段內容中心焦點較模糊，建議結尾段少用比喻、引例，保留關鍵句回應主題。

百工不過人之難

蔡曉東

陳瑞祺（喇沙）書院

人皆為自我之當政者，管好自身為眾人所天職。

孟子言：「人之所以異於禽獸者，幾希。」其之異於人生斯世便俱四端。亦言：「君子有終身之憂。」君子固是人固具四端。要無憂，便要挑勝窮難之職——人。

家人、愛人、友人、人全必面對之政客。是人，惻隱之心怎敵是與否；羞惡之心怎敵懌與悲；辭讓之心怎敵愛與恨；是非之心怎敵真與假，全是人。要四端皆擴而充之，難達。若分輕重而用其端，是易；不問世事而具用之，是難。度前後於時，分輕重而施，窮則獨善其身，達則兼善天下，則人為人，多少不速之客亦無懼。

最難的職業就是當人，最易的職業又是當人。有人日日頹然過活，極奇懶，一時痛快自活，一時杞人憂天，更要行古道——不以物喜，不以己悲。卻忘自身所能之多少，強人所難，本是無事也成難事，是責任之上再加責任。有梯子不行，非要一步登天，難怪難上加難。同有人懂行中庸之道，或有惰性，但從不斤斤計較、與己不過。未能先天下之憂而憂，則與普世同憂；未能先天下之樂而樂，則與普世同樂。子也曰：「小不忍，則亂大謀。」固隨遇而安，才能無入而不自得。只想而不做，只做而不想，要

不得。人要想兼要做，天職才事半功倍。由是觀之，為人之孰難孰易是自身心所決。越是自賊，越難；知己之能或非最易，但并不增難。勿因小而失大，掌大亦記小。心之寬度，人之難易度。

既然人從生便惰則必越其難、解其困，方能有時擴四端而達時充。然則何去越去解？人職多務，早定或乍來皆要對。今日百事未了，又明日百事來。卒秋去又春來，光陰不待人，唯日日百事待人完。今日之事應當完，所以明日再多也無惴，只是一椿夏來又冬去之事。不待明日，人便無明日之憂，自然惰不成難不成困。

為人從職，必先從人。假人當難，百工無一易。假人當易，無工為難。先當自政者從心達時完事，記四端。後當仁人而從君，勿與禽為伍，成自賊者也者。始可汝啟焉？吾同聽錢福之《明日歌》。

評審點評

同學自擬的題目較吸引，文章引經據典的內容也較多，看來已做好充分的寫作準備。在探討人與職人的比較中頗見思考，立意明確，最後以文言文作結，令人印象深刻。

職業與挑戰　醫者的挑戰

陳章霖

何明華會督銀禧中學

「呲——呲——呲——」病牀旁的儀器發出刺耳的聲響，我們立刻進行搶救，竭盡所能地把病人從死亡的邊緣帶回來。

「死亡時間……」刺耳的聲響赫然停止，取而代之的，是旁邊醫生的聲音，手術室裏陷入了一片靜寂，那句語調平板的「死亡時間」，在空氣中迴盪着。

從小，救急扶危是我的夢想，那件白色的大袍是我的向往。為了成為一個醫生，我夜以繼日地寒窗苦讀，面對着那數不清的學術名詞、疾病名稱，讓我一度想過放棄，或許這就是成為一個醫生必經的挑戰吧。但幸好，我總算是堅持到了最後，我終於成為了一名醫生。可當我真正成為了一名醫生時才明白，醫生的挑戰遠遠比我想象中更大，也更多……

沒了生氣的病人被推出了手術室，我挨在牆上，病人家屬的痛哭，同事們的嘆息，心裏的沉重久久不能釋懷，親眼看着鮮活的生命從我面前消逝，第一次體會到甚麼是無力，第一次體會到生命的脆弱。或許學會淡然面對生老病死，就是一個醫生最大的挑戰。

除了面對死亡，醫生還要面對着其他不同的挑戰：需要追求百分百的完美、需要面對精神上的繃緊、需要為自己的病人負

責、需要承受著巨大的壓力，這是挑戰，同時也是責任。我們的每個判斷、決定，關乎的不只是自己的前途，更是病人的生命、健康，絕對不能允許有任何的失誤。所以，與其說這都是醫生面臨的挑戰，那倒不如說，正正就是這些挑戰，造就了醫生這個偉大的職業。

記得初到醫院實習的那段時間，我只是負責着簡單的診斷，「做手術」對我來說還很遙遠，儘管如此，接踵而來的病人與病症，還是讓我不管在身心上都十分疲憊，害怕會誤診病人的病症，害怕會因為我的過錯造成無法逆轉的結果。簡單的診斷，簡單的挑戰，還是讓我心裏有着極大的壓力。我只能研究着更多的書，努力地克服這個挑戰

漸漸地，我接觸到了更多的病人，也面臨更多的挑戰。他們有的身患絕症，有的天生殘疾，有的是長期病患。作為醫生，我很希望我能幫助他們，每天都請教不同的人，想着能醫治他們的方法，我也漸漸明白了為甚麼老院長說醫生大部分的時間和心情都是和病人綁在一起，因為救治病人是醫生的責任，也是他們的挑戰。

直到現在，我已經經歷過了幾場手術，每場手術對我來說都是一場全新的挑戰。記憶中每次手術過後，衣服都總會被汗水沾透，心裏無比巨大的壓力，加上精神上的繃緊，讓我絲毫不敢鬆懈，生怕一個不留神就會釀成大錯，但不管多緊張，也只能硬着頭皮，盡自己所能做到一絲不差，因為這就是醫生的挑戰、責

任。病人家屬的哭聲還在走廊裏迴盪着，就像那宣佈死亡時間的聲音。走廊上的我低着頭，病人的死讓我自責、也讓我愧疚，讓我不敢面對病人的家人。面對病人的死亡，我還是耿耿於懷，大概是我太感情用事了。面對種種的挑戰，我不禁想，我是一個合格的醫生嗎？我真的有能力當一個好醫生嗎？當初從醫的決定是對還是錯？醫生面對的挑戰太沉重，也太無力了。

或許，當我克服了我所面對的所有挑戰，我才能真正成為一個合格的醫生，才能無愧於心、無愧於天地背負起醫生的責任。

 評審點評 ──────────

同學分段明晰，文從字順，專寫醫者的挑戰，敘述詳細。可惜是只強調單一職業，或未能盡顯題意。手法方面，同學可嘗試更多變化，以避免直述到底。

迎難而上

黃永恩

荃灣官立中學

當一個中學生或大學生完成學業，剛踏入社會，那是人生一個新的里程碑，它不僅標誌着職業生涯的開始，更意味着人生將迎來更大的挑戰。

有人説學校是社會的縮影，其實也不盡然。雖然在學校和社會上，我們都會遇上有着不同能力和性格的人，在同一環境裏，共同面對形形式式的挑戰，但是，在社會工作，遠遠比在學校讀書更要殘酷。

剛踏出社會就必須要面對第一個挑戰：尋找工作。有些人胸懷遠大的志向，便會偏向於應聘一些具挑戰性的工作，但同時，應聘的成功率相應較低；也有些人追求穩定的收入或對自己要求較低，便會選擇一些較普通的工作，薪金亦較低，不論如何，這些職業的選擇均不分對錯，只是關乎個人的取向。

假設你一開始，想要在知名企業裏獲得一份工作，在激烈的競爭中脱穎而出，你也許要把履歷表填得盡善盡美，絞盡腦汁地準備面試，表現自己優勝之處和對工作的熱誠。這個過程還不一定會成功，除了有相應水平的能力和天賦，更要經反複嘗試和努力，絕不是一件易事。

獲得工作後，一段漫長的拼搏時期更是對個人的耐心、毅

力和心理素質的嚴格考驗。在工作過程中，難免會遇到不同的困難，也許是臨時要為一個突發事件想出一個解決方案，也許是要在限期前完成一個艱難的任務，也許是要與一個強勁的競爭對手對抗……許多在學生時代未曾經歷過的巨大挑戰，伴隨着別人的期望和沉重壓力，頓時鋪天蓋地地湧來，許多人也只能咬着牙忍受。

但轉念一想，迎接職場上的挑戰也未必全然是一件壞事。隨着工作時間越來越長，我們會遇到越來越多的挑戰，豐富了我們的工作經驗，使得我們在應對新的難題時更加得心應手。即使偶爾表現不佳，每一次失敗也促使了我們的成長，因為得以中吸取經驗，反省自己不妥的地方，才能不斷改善進步。

同時，在面對挑戰時，我們並不是孤軍作戰的——反而是和同事一起拼搏、并肩作戰，共同努力解決難題。我們必然會從其中收穫到珍貴的友誼，學會何謂團體合作，發揮一個團體最大的力量。相信等到我們將來再次回想起，這段年輕時候、和朋友一起奮鬥的熱血時光，那必定是一個難以忘懷的美好回憶。

選擇職業時的迷茫、應對工作上的挑戰，都是絕佳的鍛煉機會，箇中所學到的種種知識、應有的個人心態和團體合作的精神，是難以從其他地方體會到的。雖然我們面對它時也許感到很吃力和艱苦，但這正正成就了一個人生閱歷更豐富、心境更強大和更完美的我們。就讓我們抱着愉快的心情，為踏入社會做好準備，共同邁進我們所憧憬的未來吧！

　　同學在探討職業挑戰時，舉例多樣，言之成理，頗見思考。可惜全文的組織較鬆散。文章若能緊扣主題、層次分明，似更能見清晰邏輯、突出立意。

職業與挑戰

彭筠喬

拔萃女書院

只要提到「人生中的財富」，相信不少人都會自然把其連繫到豐富的物質世界。可是我指的財富並不是只能滿足一時慾望的金錢名利，而是能累積長存的財富—職業與挑戰。有人可能會對此表示疑惑，但職業與挑戰為人生帶來的收穫遠比我們想象的多。

首先，職業能讓人明確認識自己。所謂「知人者智，自知者明」，能看透別人只是小智慧，能充分了解自己才是大智慧。擁有自知之明是較難達到的，而職業正能反映人的一技之長，有助認識自己，取長補短。在投入行業前，有人可能會因一時的新鮮感而對此躍躍欲試，但在真正接觸工作內容後，才發現自己並不合適。以魯迅為例，他早年立志成為醫生，後來卻因在醫學院的經歷令他發現醫學並不是他的目標。他希望改變人民的精神，於是棄醫從文，提倡文藝運動，改變了人生的方向。職業能夠迫使人自我審視，聽從內的聲音，達到難以做到的自知。有了自知後，對不可預測的未來也不會因無知而感到手足無措，也能做到古語中知己知彼，百戰百勝。因此，職業像指南針般引領人走合適自己的道路，是人生的財富。

其次，職業能令人收穫待人處事的態度。《禮記・曲禮》提到「禮尚往來，往而不來，非禮也；來而不往，亦非禮也。人有

禮則安，無禮則危。故曰：禮者不可不學也。」禮節講究相互往來，而人講究禮節才能心安身安，所以禮的學問是一定要學的。在職場上，難免要與人合作，作為團隊的一部份也需互相配合才能相輔相成。通過這些經歷，人們能懂得禮尚往來，而這能反映個人修養，是文明的特徵。一個廣為人知的例子就是清華大學延聘王國維時，吳宓認為只以一紙聘書相對王國維不誠敬，於是親自到訪其家，行三鞠躬之禮再表達聘請之意。王國維因被他的誠意打動同意了，並其後到吳宓家回訪，突顯禮尚往來的重要。因此，職場上的磨練就像訓練場般使人學會與人相處的基本禮儀，使有禮侍人成為習慣，是人生的財富。

最後，不論是職場或生活上的挑戰也能為人累積寶貴經驗，是人生的財富。羅伊・班尼特曾說過：「每個挑戰、每個逆境，裏面都藏有機會與成長的種子。」每條歧途都是成長學步，而通過這些挑戰得到的經驗是獨一無二的。這些經驗只會隨着挑戰有增無減，無聲無息的影響着我們。以愛迪生為例，他在發明電燈時失敗了六千多次，但也因此令他汲取教訓，不斷反省，最終成功發明電燈。在這些寶貴經驗的相比下，片刻的物質財富並不值一提。一次的職場失意，一個錯誤的決定，也會令其變成過眼雲煙，稍縱即逝，相反，通過考驗獲取的經驗只要經過沉澱，便能使人進步蛻變，亦不會因其他因素而失去。由此可見，生活的挑戰是成功的基石，是人生的財富。

總括而言，職業與挑戰是人生財富中不可缺少的。職業不但

能讓人有自知之明，還能培養待人處事的態度，而職場上的挑戰等更能讓我們累積經驗，通過不斷的嘗試重新裝備自己，為更美滿的生活作準備。因此，大家一定要把這些財富珍而重之，在迫使自己進步的同時共同建立一個和諧美好的社會，向未來進發。

 評審點評 ——————————————

　　引用魯迅、王國維、愛迪生等人為例，頗見全面，亦能深化題意，帶出挑戰帶來收穫，或可稍減少理論，多關注現實生活。愛迪生的例子，被同學用得太濫，宜想想其他。

困難的價值

周子暈

樂善堂梁植偉紀念中學

書桌上香薰愈燒愈短，快燒到頭了，而我也許不用再點燃一枝了，下一步，該怎麼走？前路漫漫，想必充滿困難，我不禁思考困難對人有多大的價值？

眼看就要上大學了，大學之後，我就不得不面對自己的溫飽的問題。誠然，我要自食其力了。若以弗洛伊德的理論作人生的準則，我現在就要對人生有一個大概的方向。因為「我們的決定是由過去而決定的。」某程度上，我是同意弗洛伊德所說，之後要面對的挑戰，是難以想像的！最好是有所準備，實際的準備也好心理建設也好。

就算是在準備時，己有重重困難。困難對我有多大的價值？我試圖找尋人生的方向，從大學就開始學習相關知識，就算是有所準備了。見天文物理學家抬頭便是星辰；見文學家揮筆便是詩篇；見哲學家開口便是智慧，我都嚮往。但我一無所知，不知如何能有資格進入研究所；如何才能算寫得好文筆；如何擁有哲學式的思維，我陷入迷茫中。

迷茫正是第一個挑戰，別無他法，面對迷茫時，只能多嘗試。這也是只對一些具體的事情有用，但對於一些抽象的概念，我可怎麼辦？我有幸生於這個時代，現實和互聯網上的老師，

使我早一步了解一切如何運作。而這第一個挑戰，也就算是通過了，心中安穩了不少。

我相信走出校園，進入社會，我也將面對不少困難。孟子說：「天之降大任於是人也，必先勞其筋骨⋯⋯」我大概也必受這個磨練了。但無論甚麼事都好，講求一個「專」。特別是工作這件事，佔據了大部份「青壯年」時光。因此人專注做事很重要。如〈師說〉中「術業有專攻」，要在任何一行做出成就，都要求專注。當人專注事業久了，又會不會苦悶？一開始的選擇太重要了，一但失去熱情，工作會變得萬分滿苦吧！我會不會因擇業錯誤而白白浪費大好時光？

 評審點評 ————————————

同學在開頭藉描寫燃盡的香薰，營造文章的整體氣氛，引出個人對主題的思考。從迷茫到下決心克服困難、迎接挑戰，引用中西名人名言，能清晰地刻畫出整個思考過程。

挑戰提煉出人生的價值

鄭鯤嶸

樂善堂梁植偉紀念中學

人不能沒有工作，就是不無一用的樗樹也要為旅人「遮風擋雨」。在工作中，人與人之間的競爭變得愈加愈激烈，似乎沒有人能高枕無憂的，所謂「人外有人，天外有天」，我們日日夜夜不停地進修，確保的是令自己不受時代拋棄，不給別人取代，因此人在自己的崗位上，以及職業帶給我們的挑戰，也愈來愈多。這也給予我們脫穎而出的好機會，提煉更高的人生價值。

梁啟超說過：「百行業為先；萬惡懶為首。」對於好吃懶做、沒有職業的懶人，是絕不容赦的，他更直言批評這些人是在社會上的蛀米蟲。雖說職業難找，幾乎是現今世界普通的現象，但「三百六十行，行行出狀元」；不怕吃苦的人，自然能比其他人飛得高，飛得穩。再說，面對職業，我們也應該做致「敬業與樂業」，此話怎說？因為人只有敬業和樂業，面對任何挑戰與困難，才能微笑以對。

說到敬業，一是敬重自己所從事的工作，並引以為自豪；二是深入鑽研探討，力求精益求精。很多基層的工作人員沒準會認為，我的工作那麼「低級」，有甚麼可敬的呢？其實，「職業無分貴賤」是千古名言：甚麼正當的工作，都可敬。人要專心致志的做好自己的工作。無論是當總統還是民工都可敬，因為每一個人面對的職業挑戰，都不比別人的輕，總統要保家衛國，民工要勤

懇生產，人人都需要敢於振翅高飛，都需要有跌倒後爬起來的毅力。不是每個人生來便具有職業的必備品質。「百步九折縈岩巒」時，人學會養成知難而進，逆水行舟的能力！讓逆境挖掘我們的智慧，激發我們的潛能；「吹盡黃沙始到金」時，人學會養成不驕不躁，沉着穩重，讓一次一次的成功增加我們對工作的信心。總之，人生在世，日日勞動是必須的。勞作是功德，不勞便是罪惡。若是勞動了，便全心全意專注一事，迎難而上，不然便對不起自己今日所吃的糧食了。

再說樂業，人從自己的職業中，尋找其趣味。如果我們達不到樂業，那麼我們就無法從工作中以輕鬆快樂的態度去面對任何的挑戰。舉一個基本例子，齊達內是法國足球藝術大師，他有如此高的成就，不是他的先天條件比其他運動員好，他的成功原因是他把足球當做自己的樂趣，正如一位偉人曾經說過：「興趣是一半的天才。」不管條件有多麼艱苦，齊達內總是樂在其中，陶醉在足球世界裏，最終成為天才的足球運動員。由此可見，「知之者不如好之者，好之者不如樂之者。」樂業可以改變人的命運，成就人的職業夢想。

總而言之，上帝不會給我們太多，不敢接受職場上所帶來的挑戰的人，永遠沒有成功的機會，所以接受挑戰是成功的前提。成功的人在碰壁之後，都還是勇敢挑戰，因為只有挑戰下去，才能破壁之出，登上人生巔峰。古人有云：「凡事預則力，不預則廢。」我相信對於每個人的職業規劃也是同樣的道理，因為人生

如戲，細節和內容都是人自己所編輯的，如何的精彩人生，如何的華麗人生，都掌握在自己手中。讓我們一同共勉之。

 評審點評

　　構思完整，符合自定的題目：「挑戰提煉出人生的價值」。前段比喻不俗，唯中後段以敬業與樂業為綱領，有點急於求成，更無法避免的是，仍有梁啟超文章的影子。同學可更大膽揮筆，建立個人風格。

職業與挑戰

莫文卓

聖言中學

「知識就是財富。」每個職業都是特別的，它們所需的知識和技能也獨一無二的。自然地，每個職業的挑戰也各有不同。

人生的財富就是知識。「人非生而知之者」，沒有人一出生就有豐富的知識，只有透過持之以恆的學習，在腦海內留下深刻的印象，便是自己擁有的知識，便是自己的財富。

每個職業都應受到尊重，他們均肩負着責任。

以教師為例，教師是傳道、受業、解惑的角色，他們耐心地教導學生知識和道理，以及解答他們的疑惑。教師是偉大的，可是他們在工作時間，不免會遇到各式各樣、五花八門的挑戰，例如：頑皮的學生擾亂課堂秩序，阻礙課堂的進度。教師只能對症下藥，一是了解學生；二是教導學生；更甚會懲罰學生，目的是為了改變學生不當行為，負上教師的責任。

再者。以司機為例，司機（尤其是的士司機）的職責就是把乘客送到目的地。他們每程可能只有一百元左右，但是他們日夜勞累，只為了三餐溫飽，能夠養活家庭而已。但是，長時間的工作對的士司機們卻是一大挑戰。他們為了賺錢導致缺乏休息時間，健康受損。過度辛勞下困而傷害身體。確是一個不幸的事。

說起挑戰，最具挑戰的職業莫過於天文台的一員。隨着七十年代的工業化，地球漸漸出現了氣候暖化，近年更有加劇的趨勢。天交台科學主任，學術主任等通力合作，為進一步提高預測天氣的效率。但是，全球暖化是成為人類現時其中一個重大威脅。今年一月，南極州錄得了超過十八度的高溫；以及北極冰塊加劇融化，種種跡象都反映了人類正面對的全球危機。以香港為例，全球暖化下，海水變得溫暖，引致更強的風暴吹襲香港，2017 年的天鴿，2018 年的山竹，難道不是一個好的證明嗎？另一方面，暴雨影響時間越來哀短，強度越來越飄忽，天文台屢次預測失誤，但是暴雨總是最難預測的天氣之一。天文台的員工不斷創新、不斷進步，豈不是市民對他們的期願，不是他們一個大挑戰嗎？

　　職業和挑戰，其實只是人生中其中一段路程。每個職業都有它們的挑戰，都有他們的特色。職業就是知識的運用、也是人生的財富。

💬 評審點評

　　同學入題清晰，所舉職業亦能緊扣特色，內容豐富。可惜過於集中某些職業，令全文的組織較鬆散。文首強調「人非生而知之者」，帶出學習的重要，後文或可更集中這一點，似更能突出立意。

職業與人生

蔡晴懷

馬錦明慈善基金馬陳端喜紀念中學

有人言：「職業不過是靠技能，知識去謀利的工具和途徑，何談得上有人生二字可言。」而我作為一個涉世未深的年輕人，倒則認為：人生路長，何不以自己追求夢想的職業去拼搏，湊成一張滿載色彩的人生呢？

人生本來就沒有回頭路，一路上不免有坎坷，困難和挫折，它會無時無刻等待你，給你幾個甚至上千萬個響亮的耳光，而那順利光明的時刻只有自己去爭取，而不是沉默地接受一切現實。有人認為理想的職業是「高薪糧準」，他們為的是甚麼？只不過是安穩的生活，但難道一生只為利益，為了生計而過一世枯燥暗淡的生活，然後再抱怨自己過得有多不堪嗎？

其實選擇職業不過是認清自己人生的追求罷了。人生的意義是甚麼？為甚麼要活着？人生的意義，其本身就是一種自我賦予，積極追求真實自我、思想及靈魂的一旅程。有一個廣泛流傳的思維圖，描繪了「生命的意義」主要為了自己的職業，它分為四個圓圈：「你憑甚麼獲得報酬」及「你擅長甚麼」，「你喜愛甚麼」及「世界需要甚麼」，就此看出「專業」、「激情」、「職業」和「使命」。人生更需關注的是「生活滿意度」和積極影響。

其實我想傳達的只是，選擇職業是對生命的追求，當自己選

擇了一個心中所屬的職業時，不過是滿足對人生的慾望，若我們能「挑戰自我」不只在平地上踏步，人生遭遇會更精彩。這張人生拼圖雖然不一定出眾，但必活出意義。

當然，追求人生目標在現實中又何嘗容易，為了養家教兒，為了生活稍有改善，只能追求「高薪糧準」的生活，多少人放棄了夢想，生活總會磨平我們戰戰競競、想挑戰生活的棱角。

有句俗語：「男怕入錯行，女怕嫁錯郎」說的是男女生理角色所決定的人生選擇。而當中的男人代表現時成家後需支持家庭的頂樑柱，他需要支撐整個年老幼小的生活保障，如職業生涯低落、收入低微、自己和家人的生活就會很困難。這也可解釋大部份人追求「高薪糧準」的原因。而女人在出嫁後就離開父母的疼愛庇護，在另一個環境承擔孕乳子女的職責，而有時得不到丈夫的情感呵護時，生活更是難堪，甚至有些要靠自己拼搏維持生計。故有「男怕入錯行，女怕嫁錯郎」一說。

但現今世代，隨時代發展進步，雖仍有這樣的問題，對於「入錯行」、「嫁錯郎」的糾錯機制及機會已有無法比擬的優越性了，選擇職業的空間和類型更寬闊，而婚姻法律更是「結婚自由、離婚自由」，現時社會上有多少不論男女的成功企業家，甚至藝術家、音樂家、自由職業的成功者，他們是固步自封、安於現狀就能有此成就嗎？他們不過也是放手一搏，挑戰突破自我罷了，他們選擇了心之所向的職業，堅持自己人生目標和追求，把自己一片片本無色彩的拼圖，添上獨一無二的光彩，再拼人生的圖紙上。

由始至終，人生的圖紙本是白色，當自己選擇職業時，如何把職業經營出屬於自己的形式，堅持自己的追求，職業不謀利的工具，它更是活出自己的象徵，人生的一切，都只掌握在自己手中。

💬 **評審點評** ————————————————————

　　同學多方面探討題意，頗見思考。有時是談人生，有時是談擇業，都合情理，唯稍嫌泛泛，以致焦點較為模糊。同學或可再用多些關鍵句，令文章的探討更呈現主線。亦可考慮多用不同手法，避免直述到底。

職業與人生

吳紫茵

馬錦明慈善基金馬陳端喜紀念中學

在這日新月異的時代，若問您一句，何為「財富」，你會作何回答？

住進富麗堂皇的豪宅？身穿花枝招展的名牌？品嚐山珍海味的佳餚？亦還是擁有月入數萬的職業？這都是我兒時的回答。

職業、財富、人生，三者之間關係密切，有了職業便能得到財富，擁有財富才能度過一個有意義的人生，猶如有父親，有母親，才有一個完整家庭。

父母、師長從小便常問我，「你長大後想甚麼樣的人？想做甚麼工作？」；我曾衝口而出無數說笑回答：太空人、科學家、偵探、冒險家⋯⋯但若他們現在問我，我定會不假思索地回答：老師！

我自小學時便萬般懼怕數學，簡單的數學公式曾無數次打倒我的自信心，如惡魔般將我硬按在地、難以掙扎。仍記得，那時升上高年級的我在機緣巧合下遇到了一位年輕的女補習老師，劉老師的聲音甜美，個性細心，教學耐心，使我漸漸放下對數學的恐懼，光陰似箭，現在的我早已畢業數年，多年來與她仍保持聯系，對她長髮飄飄的背景仍記憶猶新，宛如初夏暖風，伴我離開小學、伴我步入中學，或將伴我完成文憑試，又或將伴我步入社會⋯⋯埋在我心田裏的教育夢，早在很久前被劉老師播種澆灌，漸漸生根、發芽⋯⋯

被劉老師澆灌的教育夢，隨時間飛逝變得強烈，漸漸地，我的理想職業隨着中學生涯在心中深深紮根，學生身份的日子，我深深明白一位優秀的教育工作者對學生的影響甚深，對社會的作用甚大，對下一代的責任甚重。

不同於兒時，兒時的我也曾以為，職業令我得到收入，收入使我的人生更高質；隨着年紀增長，我深刻意識到，職業、財富、人生，三者之關係密切。職業，是開啟人生價值之門的鎖匙。職業對人而言，猶如麵包對飢餓的人一樣重要，職業人生的意義不僅於「充飢」更在於得到「飽足」之得儲在能量繼續前進。

成為一名助人、益人的教育工作者便是我的理想職業，傳道、授業、解惑，便是我理想中對下一代兒童的責任，是我理想中對社會的回饋，亦是我心中答謝劉老師的最好方式。

我想，人生的財富，並不在於職業支付了你多少財富，而是你從職業中發掘到多少財富。人生的財富，並不是銀行多了一疊紅色的百元鈔票，亦不是身穿名牌身居豪宅；人生的財富，應是將自己的閱歷和本事化為價值並回饋給社會；那些財富，才是真真正正的畢生之寶，才是切切實實的人生財富！

 評審點評

句法多變，文字活潑，從自身的經歷出發，言之成理。全文的主線及組織或可再斟酌，以讓主題更鮮明。

職業與人生

蔡諾彤

馬錦明慈善基金馬陳端喜紀念中學

選擇職業是每個人人生中最重要的事情之一，選擇一份好的職業就如人生大事一般，所以很多的年輕人都會對選擇職業有困惑，也會面對不同的挑戰與困難。選擇一份適合自己的職業，人生才會過得更美好。

俗諺云：「男怕入錯行，女怕嫁錯郎」，可見選擇職業與尋覓配偶同為人生大事，所以必須三思。選擇一種工作就如選擇一種生活，選擇一份好的工作，人生也會變得更好；相反，對自己工作的選擇盲目的人，人生也會度過得十分盲目。年輕人在選擇職業時可能會面對不知甚麼職業適合自己或不知道要如何選擇，這令他們十分困惑。

有人認為「薪高糧準」就是理想職業，也有人認為「挑戰自我」，才能令沉悶的職場生涯變得精神；每個人對於職業都有不同的理想，所以職業規劃也是十分重要，在職業規劃中我們也需要自己各自的所需所求來制定自己的人生目標，也是對自己的生人負責，選擇適應的工作就是選擇對的人生。選擇職業是需要經過慎重考慮，現今大部份的年輕人都會不經考慮就隨便地選擇一份職業，最後卻因不適合而離職，所以我們在選擇職業時，要根據自己的價值觀來對待，不但要考慮金錢，也要考慮那份工作可以帶給我們的滿足感，好的生活品質。

首先，在年輕人選擇職業時應考慮自身、職業所需的條件，例如想選擇一些高薪的職業時，我們需要考慮自己是否有高學歷和符合入職的需求。若果想選擇金融行業的職業，不但要有好的學歷，也要有該行業方面的知識，同時對該行業的特色有所了解。金融業具有指標性、高風險性和高負債經營性等的特色，想選擇這個行業可能要懂得面對行業的特色，有冷靜的思考方式和好的運算能力。

　　其次，年輕人應要考慮職業是不是自己的個人興趣，若果年輕人所從事的職業是自己喜歡的，那我們工作和生活會愉快得多。也會對這樣的職業有熱情，更有可能從中獲得滿足感，因此，興趣是職業選擇的重要性之一，當人們對某種職業產生興趣時，就能發揮積極性，增加對該職業的知識、動態，更能積極思考、探索、以及增強克服困難的意志，工作上也會有良好的效果。相反，選擇的職業不是自己的興趣，便會很難發揮個人優勢和作出巨大貢獻，所以興趣是能保證職業穩定，職場成功的重要因素，對於職業上的工作有興趣，就會更願意鑽研，成就感也會增加。

　　再者，個人的能力對於選擇職業也是十分重要，任何一個職業都會有相應的職責要求，所以年輕人在擇業時要明確自己的能力、優勢以確保自己能夠勝任某種工作的可能性；若個人能力不足，即使可以選擇到合符自己的職業，也難以長期地工作，會十分困難，而且也會因不適合而難以發揮個人能力。

在選擇職業，年輕人可能會為忘而困惑，所以他們應該要先了解工作的性質，職業所責任的工作，以及自己是否對此工作有足夠的能力、興趣；還有，也需要了解職業的挑戰性，例如一些有挑戰性的職業都可能會有高的薪酬、更好的前途、充滿樂趣和發揮才能。

年輕人應該遵從自己內心的需求，職業的不快樂也會直接導致和影響生活，所依據自己希望的生活方式、興趣、能力來選擇適合自己的職業，而不要隨波逐流。

 評審點評 ────────────────

同學文筆流暢，內容豐富，對擇業的闡述尤其詳盡。同學另以職業與人生為題，本無不可。唯內容似過於集中職業、擇業，稍嫌流於表層。手法方面，可更靈活嘗試，運用不同方法，避免太集中於「陳述」。

人生的財富

陳政良

澳門培正中學

還記得不久以前看過《華爾街狼人》這部電影，當中最深刻的還是主角喬丹‧貝爾福那句「讓我告訴你，貧窮一點都不高尚。我曾經是個窮人，我也曾經富有過，但我每次都選擇當個有錢人。」事實上，男主並不膚淺。人和動物最大的分別是，我們除了想着每天怎麼存活下去外，還會追求許多其他事物，而其中一種就是人人渴望的財富。

在我看來，人具有軀殼和靈魂。物質財富是滿足我們生活需求的財富，而精神財富則能滿足我們的靈魂。但是在忙錄的生活中，不少人會忘記了精神財富，原因是它已經與物質財富融為一體。人人都像喬丹一樣想成為富人，彷彿只要獲得物質財富，精神財富也會隨之而來。因為這種思想，喬丹才認為貧窮並不高尚，也正因為這種思想，人們才會樂於消費和鐮錢，把社會向前推動。這樣看來，這種思想帶來的好處似乎比壞處多。

但是，當物質財富成為精神財富的唯一來源時，我們卻能看到很多問題。在電影中，喬丹和他的朋友每天除了沉浸在毒品和荒淫中外，便是想着如何利用詐騙獲利。他們在物質上是絕對的富人，但也導致了他們人格和道德上的崩壞。這也能看出，在極端的物質主義下，不但不能增加精神財富，反面會喪失靈魂。當物質成為人的唯一追求時，人會成為物質的奴隸，成為沒有靈魂

的軀殼，甚至可以稱為「行屍走肉」。我們決不能讓物質主宰我們的靈魂。

因此我認為，人生的兩大財富——物質和精神財富是必須分別追求的，也不能只偏向一方。精神財富和物質財富最大的差異，就是它是屬於個人的，雖然是無形的，但只要你記憶尤在，它能夠永遠地存在且不會變質。這也是有些人不重視它的原因，無形的財富難以炫耀和受人注目，和財產不同。即便如此，精神財富仍具有很大的價值。我們的靈魂直到生命結束時都需要動力，而要有動力就必須有目標。精神財富除了為我們提供動力，更重要的是能充實人生。

既來到這個世界上，我們便不能白過，盡可能地過得充實。在我看來，一切能使我們心靈感到滿足的事，都能累積精神財富。知識就是精神財富很好的代表，年青時累積下來經驗皆可畢生受用。我們也可以透徹地研究一項學問，無論是藝術、音樂或文化，都值得投放時間將其發揚。打好良好的人際關係，在有能力時開導和感化別人，也是滿足的來源。事實上，追求精神財富不應有固定的方案，每個人都應獨自去尋找除了物質外能帶給自己滿足的事物，並用一輩子時間把這種財富慢慢疊加起來。若這一切都有做的話，在老年時你會發現，人生最大的樂趣你都體驗過了，也能充實地畫上句號。

我不能盲目地說精神財富比物質財富更重要，但我堅決認為人人都應追求精神財富，過上自己想過的人生。無論是窮人還

是富人，都不能忘記自己的靈魂，這樣窮人也就像富人過得一樣高尚。

 評審點評 ─────────────────────

　　文章邏輯清晰，層次分明，但開頭過多談論引例，建議可分論點扣題着重分析為何精神財富比物質財富更重要。

平衡點

周駿陽

澳門培正中學

隨着時代的變遷，全球的科技都開始有顯著的進步。由於很多簡單的工作或者職位都可以由科技去取代人手，因此越來越多的舊行業逐漸式微，甚至已經消失，而人們的失業亦逐漸上升。

近幾十年裏，人工智能的發展可說是相當的快速。機器人是人工智能的一部份，而機器人的出現，令最常見的服務性行業的工作有被取代的可能性。機器人做事不僅比人們更快，而且做事的準確率也比人們高得多。除了侍應的工作可以被取代，連司機的工作崗位也可以被取代。有汽車公司已經推出了半自動化的駕駛技術，估計在不久的將來全自動化的駕駛技術也會大範圍地應用。侍應、司機等這些工作十分常見，大多都是由一些學歷較低的人去做的，如果這些工作都被機器人取代了，那麼學歷較低的人們要怎麼辦？他們又能夠何去何從呢？技術含量低的工作容易被機器人取代，那麼醫生這個技術含量較高的工作同樣會被機器人取代嗎？答案是會的，機器人的學習能力十分強，面對大量的醫學知識，機器人要領悟好那些知識，絲毫沒有難度；如今的機器醫生已經可以為病人進行微創、小型的手術，如果再加上聊天機器人為病人診症，機器人取代醫生的職位也就是指日可待的事情了。

為甚麼人工智能的發展如此迅速？為甚麼機器人的學習能力

這麼好？一切都是科研人員努力的成果，日以繼夜地編寫程式，不斷完善、優化系統。各個國家都在研究人工智能，因此全球對於科技人才的需求量每天都在上升。在這樣的環境下，很多年輕人都會選擇向計算機科學、人工智能等方面發展，探索一個全新、未知的領域，因此這可以說是一個機遇，也是一個挑戰。

當人工智能變得越來越強大，只會顯得人類更渺小。科研人員令人工智能的應用變得廣泛，它可以做到的事情越來越多，同時亦表示人類可以做的事情越來越少。人工智能會一步一步侵蝕我們的日常生活，但人工智能是人類研發的東西，人類不應該被它主導着，應該反過來控制好人工智能的發展，以免被它主導着我們的生活。

「長江後浪推前浪，前浪死在沙灘上」，這意味着有新事物的興起就會有舊事物的沒落。我認為這句話十分適合套用到當今的社會，新興行業的出現令舊行業面臨將會消失的危機。新事物出現的本意是想令生活變得更好，但如果令一些有紀念價值的事物消失，這樣反而得不償失。在發展新事物的同時，亦要保留舊事物，在兩者之間找到一個平衡點。

💬 **評審點評** ─────────────────────

同學文章語句暢順，從人工智能發展的現況、背景、趨勢三方面來議論「在發展新事物的同時，亦要保留舊事物，在兩者之間找到一個平衡點」這一主題，文末點題，中心明確。

人工智能下的挑戰

陳子欣

澳門培正中學

新時代在飛速發展，新的人工智能產品源源不斷地被推進市場，家裏有掃地機器人，商店靠人工智能銷售，路上有無人駕駛汽車早已不足為奇。我們可想而知，不僅僅是清潔工，搬運工等職業會被機器取代，未來許多工作也會被它們所替代，而人們就業便會少了許多機會，反正給我們帶來了更大的挑戰。

面臨高三升學的選擇，我們或許定好了未來的大學和就業方向，但也有人仍躊躇不前，困擾他們的是未來想從事的職業很有可能不再有那麼多的就業機會，很多部門工作像是市場營銷人員，人工智能比人類更快速更准確地分析出市場情況；又例如會計師這個職業，人工智能點可以比人類計算得又精確又迅速。這也就給即將就業的人們施加了不少的壓力。

正因如此，我們才需要更努力地提升自己，盡管和人工智能相比，我們沒有超大的腦容量，也沒有永不疲倦的身體，但我們卻有屬於自己的創造和思考能力。許多職業面對的不是一成不變的工作流程，而是需要創新、靈活、多角度的操作能力。毫無疑問，這對我們來說，是一個很好的機遇和挑戰。

相比之下，我們擁有許多人工智能無法擁有的東西：人類在面對新鮮事物的時候，總會出於本能去嘗試、去創造、去慢慢探

索，進而有了啟發，否則，那些人工智能、高科技產品又是如何被創造出來的呢？另一方面，人類擁有細膩的情感，有獨立思考的能力，對於一件事情有許多不同的看法。面對挫折的事候，他們會變通，不像人工智能般一味地去完成任務。最後，也是我認為最重要的一點，人類擁有溝通的能力與技巧。在社會上學會如何與人溝通是十分重要的，假設一下，倘若公司裏幾乎都是冷冰冰的工作機器，日夜不分的按照流程完成工作任務，沒有半點交流溝通，那該有多無趣啊！相反，像是律師、社會工作者、心理醫生等職業都需要懂得溝通的技巧、細膩的思想情感以及較高的情商才能將此工作發揮得淋漓盡致。這也正正是人工智能無法擁有，無法替代的。

面對職業與挑戰，我們不應該去害怕去退縮。每一個職業都有不同的挑戰。科技不斷在發展，世界也一直在進步，我們需要做的是在自己喜歡且擅長的領域提升自己，勇於挑戰自己，挑戰他人。人工智能應該協助我們更好發展的伙伴，而不是用來替代我們的工具。

💬 **評審點評** ────────────────────

　　文章流暢可讀，專寫人在人工智能發展下的挑戰與價值，緊扣現實生活，言之成理。同學能詳細分析人們面對的問題，同時指引努力方向，立意鮮明。